樂府
·

心里满了，就从口中溢出

三十二个木头人

蒙 古 族 民 间 故 事

陈弘法 沈湛华 译

SPM 南方传媒 | 广东人民出版社 ·广州·

译者序言

　　《三十二个木头人：蒙古族民间故事》即将重新出版，这本书内容由两部蒙古族民间故事《三十二个木头人》和《魔尸》构成。这两部民间故事的出版，将为喜爱蒙古族民间故事的读者提供新的赏读对象，也为致力于蒙古族民间文学研究的人提供新的研究对象。

　　乘重新出版的机会，译者就《三十二个木头人》和《魔尸》的起源、流传、内容结构、思想意义和研究价值做一些介绍。

一、关于这两部故事的起源和流传

　　蒙古族古典民间故事，究其源流，有的土生土长，萌生于本民族生活的沃土之内，成长于本民族劳动斗争的风雨之中，如《巴拉根仓的故事》《"狂人"沙格德尔的故事》等；有的则源于印度文学和西藏文学，以及汉族文学。《三十二个木头人》和《魔尸》就源于印度文学。《三十二个木头人》源于印度《超日王（Vikramaditya）故事》。超日王是古代印度统治者，据国外资料讲，他生活于公元前1世纪；据国内资料记载，他生活于公元4世纪末至5世纪初。有关于他的传说，国外学者说形成于公元6世纪。《魔尸》源于印度的《恶魔故事二十五章》

(Vetalapanchavimsatika)，故事形成于公元 5 世纪，公元 11 世纪时用文字固定下来。

印度文学主要是随着佛教的东渐进入蒙古地区的。佛教于公元前 6 世纪产生于印度，公元 7 世纪传入西藏，几经兴衰，于公元 16 世纪末以喇嘛教的形式在蒙古地区广泛传播开来。在喇嘛教传入的同时，印度文学也直接或通过西藏间接传入蒙古。最初，这些文学作品是由蒙古有学识的喇嘛高僧从梵文或藏文译成蒙古文的，尔后，便以口头文学形式在蒙古族广大群众中流传开来。这些作品在民间口耳相授，辗转流传，这个过程就是一个不断加工、改造、丰富、完善的过程，也是印度故事"蒙古化"的过程。几百年后，再有人将这些口头流传而得到加工的民间故事用文字记录下来，于是源于印度文学的民间故事便成为既有印度民间故事痕迹又有蒙古民间故事色彩的蒙古族民间故事了。

《三十二个木头人》和《魔尸》的流传过程正是这样。据记载，这两部故事是由一个叫巴哈的人于 1686 年在现今蒙古国中戈壁省的古尔班赛汗地区首次从梵文译成蒙古文的，先是为漠北蒙古喇嘛教最高活佛温都尔葛根讲述故事而用，尔后在蒙古人中流传开来。

20 世纪初，一个会讲蒙古语但不懂蒙古文的俄国人 —— 据蒙古国著名语言学家宾·林钦（Ринчиен Б., 1905 — 1977）院士考证，当是一个常驻蒙古的西伯利亚俄国人 —— 在蒙古地区将他听到的这两部民间故事用俄文记录了下来。此后，这部手稿在俄国西伯利亚数易其主，最后大约在 20 世纪 20 年代初落到此后曾任蒙古人民共和国学术委员会主席的苏联学者策·扎木察朗诺（Жамцарано Ц., 1880 — 1942）手中，由他于 1923 年在蒙古库伦[1]用俄文刊印出来。与此同时，据宾·林钦院士介绍，蒙古国立公共图书馆还收藏有这两部民间故事的蒙古文抄本。

也是在 1923 年，曾经在蒙古地区数次搜集蒙古语言文学和民族学资料的苏联著名蒙古学家鲍·雅·弗拉基米尔佐夫（Владимирцов Б. Я.，1884 — 1931）也根据他搜集到的卫拉特文资料，将《魔尸》译成了俄文，在苏联出版。近一个世纪以来，蒙古国另有《三十二个木头人》和《魔尸》的蒙古文版本问世。中华人民共和国成立前，上海商务印书馆曾于 1933 年出版过《蒙古民间故事》一书，含《三十二个木头人》和《魔尸》两部分，内容与本书基本相同，系当时在北京大学教授俄文的俄国人柏烈伟（Полевой А. А.，1886 — 1971）翻译的。中华人民共和国成立后，内蒙古人民出版社先后出版了《魔尸》（1957 年）和《三十二个木头人》（1958 年）的蒙古文版本。据我们所知，这两个故事还曾用日、英、德等文字做过介绍。

印度文学在蒙古得以流传，除了宗教方面的原因外，还有政治方面的原因。我们知道，从忽必烈时代起，蒙古统治阶级就一直试图倡导所谓"两种体制"学说。这种学说的宗旨是：以蒙古汗为世俗首领，行使行政统治权力；以喇嘛教领袖为宗教首领，行使精神统治权力；"政教合流"，达到长期统治蒙古民族劳动人民的目的。为此，在蒙古史籍《白史》[2]及此后的蒙古史籍中，蒙古统治者常常将其家族谱系通过藏王

---

[1] 库伦，今乌兰巴托。
[2] 《白史》：全称《崇高至上转轮圣王十善福白史册》，蒙古古代政治法律著作。蒙古语简称《察罕·图克》。

一直追溯到传说中的印度古代君王摩诃萨摩迪那里。蒙古民族古典民间故事中经常出现印度国王的故事（《三十二个木头人》中就直接讲到摩诃萨摩迪汗的故事），原因盖在于此。

二、关于这两篇故事的内容和结构

《三十二个木头人》和《魔尸》在结构上很有特色，都以讲故事者为线索，将种种故事串在一起，连环呈现，形成一部长篇故事。如果去掉线索，抽出每一章来，皆可各自成篇，首尾完整。这种连环式的结构，与印度古典民间故事《鹦鹉的故事》、阿拉伯古典民间故事《一千零一夜》（《天方夜谭》）以及意大利中世纪小说《十日谈》颇为相似。

《三十二个木头人》的线索是守护神奇宝座的三十二个木头卫士。传说这个宝座最初是霍日穆斯图·腾格里汗的宝座，后来传给了博克多·比嘎日玛·扎迪汗。博克多·比嘎日玛·扎迪汗死后，宝座被埋入了地里。到阿日吉·布日吉汗即位之后，埋藏宝座的地方屡屡显灵。即使小孩儿坐到埋藏宝座的土丘上，也会获得秉公断案的能力，甚至能纠正阿日吉·布日吉汗错断的案子。阿日吉·布日吉汗甚为惊异，于是下令掘开土丘，得到了这尊宝座。宝座连着十六级木头台阶，每级台阶上都有两名木头卫士守护，共有三十二个木头卫士。阿日吉·布日吉汗想登上宝座，每登一级台阶，这一级台阶上的两名木头卫士就复活了，用宝剑将他拦住，给他讲一个故事。所谓《三十二个木头人》，就是十六级台阶的木头卫士讲的关于博克多·比嘎日玛·扎迪汗的故事。所以，《三十二个木头人》亦名《比嘎日玛·扎迪汗的故事》。

《魔尸》的线索是远方高山上檀香树下放置的一具魔尸，即神仙的尸体。传说古代东方有一个汗国，汗王有两位太子。大太子投师术士学法术，但术士们并不尽心传授。二太子前去探望大太子，却无意中偷偷学会了术士们的法术，并同大太子一起偷跑了。归途中，术士们追赶上来，二太子求得一位善良喇嘛的帮助，才从危难中解脱。但二太子违背了喇嘛的初衷，将术士们通通杀死了。喇嘛怪罪二太子杀生，罚他去檀香树下背魔尸。在背魔尸返回喇嘛住处的途中，魔尸给二太子讲有趣的故事，引诱二太子开口说话。只要二太子一说话，魔尸就又回到檀香树下。二太子只好再去背。二太子背了二十多次，魔尸讲了二十多个故事。最后一次，二太子下定决心不再开口，终将魔尸交给喇嘛，故事遂告结束。故所谓《魔尸》，实则是二太子为赎罪而背魔尸的过程中，魔尸给他讲的种种故事。

《三十二个木头人》共八章。第一章讲阿日吉·布日吉汗发现博克多·比嘎日玛·扎迪汗宝座的经过，实际上是全部故事的"楔子"。第二章、第三章讲博克多·比嘎日玛·扎迪汗的故事。第四章讲博克多·比嘎日玛·扎迪汗的儿子苏里亚·巴迪的故事。第五章讲博克多·比嘎日玛·扎迪汗的胞弟沙鲁的经历。第六章讲博克多·比嘎日玛·扎迪汗与妻子娜仁·达格娜的故事。以上几章，都是围绕着博克多·比嘎日玛·扎迪汗家族讲述的传奇故事。第七章则转而叙述印度古代传说中的国王摩诃萨摩迪及其儿子的传奇故事。第八章讲一只能说人话的老八哥儿的故事，从内容上看与前述各章似无联系；但故事结尾点明，这只老八哥是博克多·比嘎日玛·扎迪汗曾经拥有的。

《魔尸》共二十五章。第一章同《三十二个木头人》一样，也是一个"楔子",交代二太子背魔尸的起因。从第二章起到最后一章（第二十五章），分别讲了各自独立的二十四则故事。有的是关于汗与其大臣、臣民、仆人的故事，有的是关于平民的故事，有的是动物故事。

《魔尸》与《三十二个木头人》在结构上采取相同的手法，但内容上却大不相同。《三十二个木头人》除最后一章（《老八哥儿》）外，主要叙述的是汗的经历、汗的宫廷生活。《魔尸》则主要叙述平民的生活情景，即使以汗为主要人物的篇目，其故事内容也不是所谓"王族"传奇史，而是平民故事。

因此，从思想意义上看，《魔尸》似比《三十二个木头人》更接近百姓生活。

三、关于这两部故事的思想意义

《三十二个木头人》和《魔尸》虽然源于印度，但作为蒙古古典民间故事，在蒙古人民群众中流传了数百年，糅合了蒙古劳动人民的思想、感情，散发着蒙古历史的独特味道，具有一定的思想意义。

这两部民间故事中，有的篇目对那些昏庸残暴、把娱乐看得比忠仆的性命还重要的汗，有颇多揭露讽刺，表现了人民群众的不满情绪和反抗精神（《魔尸》中《蜥蜴和它的丈夫》等）。有的篇目证实了在共同的劳动斗争中，劳动人民要团结起来这一朴素的真理（《魔尸》中《商人之子和他的妻子》《狮子和牦牛》《神奇的石头》等）。有的篇目深刻地揭露了害人终害己，迫害别人最终自己也落得被"烧死"的结局（《魔尸》中《泥瓦匠和画匠》等）。有的篇目嘲弄贪得无厌的小人，说明贪婪者绝无好下场（《魔尸》中《神锤》《贪食的老头和他的妻子》等）。《三十二个木头人》中的《摩诃萨摩迪汗》和《魔尸》中《猪头拐杖的主人》揭露了化成美女的妖怪，意义更为深刻；这两篇发人深省的故事同《聊斋志异》中的《画皮》实有异曲同工之妙，尤其值得一读。

特别值得指出的是，这两部古典故事中，有些故事多多少少还流露出对宗教的不敬。《三十二个木头人》中的《老八哥儿》一篇，老八哥儿与老鼠潜入神塑像脑壳里去筑窝，这本身已是对神的亵渎，更何况它还要代神发话、索要祭品呢。读过这篇故事，人们便会明白：那些为人们所顶礼膜拜的堂堂神像 —— 神的象征，原来不过是一肚子败絮烂草的偶像而已。

总之，通过这两部长篇民间故事，我们可以看到蒙古劳动人民不畏强暴、机智英勇、辛勤劳动、团结互助、抗富济贫的优良品质。歌颂真善美、揭露假恶丑是文学创作的鲜明主题。从这个意义上讲，《三十二个木头人》和《魔尸》是有资格跻身于蒙古文学创作之列的。这两部作品历来因受到蒙古人民群众的欢迎而广为流传。

四、关于这两部故事的研究价值

我们知道，任何一个民族的文化都不可能是"纯粹"的，因为在其发展过程中，该民族必然要与别的民族不断地进行交流。文学发展也是如此，在文学交流中，相互借鉴，相互吸收，相互促进，共同提高，乃是任何一个民族的文学得以发展的重要条件之一。过去如此，现在如此，将来也必定如此。研究民间文学交流的脉络，分析交流过程中的演化情形，比较其异同，探讨其源流，既是民间文学研究方面的一项重要内容，也是编写文学发展史工作之必需。因此，从这一点出发，我们认为像《三十二个木头人》和《魔尸》等民间文学作品应当受到重视，应当得到研究，因为它们是印度文学与藏族文学、蒙古族文学交流的明显例证。这是其一。

文学作品是社会生活的反映。通过文学作品可以看到作品所反映的社会面貌。《三十二个木头人》和《魔尸》在蒙古地区流传了三百年，必然会"蒙古化"，会糅合蒙古民族自身的许多成分，从而也就必然可以从中看到 17 世纪至 19 世纪蒙古社会的一些风貌。所以，通过研究这两部民间故事，进而研究其中所反映的蒙古社会其时的面貌，甚有重要的认识价值。这是其二。

基于以上理由，我们认为蒙古长篇民间故事《三十二个木头人》和《魔尸》很有翻译和出版的必要。

陈弘法

二〇二四年六月

呼和浩特

目录

三十二个木头人

(比嘎日玛·扎迪汗的故事)

第一章　比嘎日玛·扎迪汗的宝座　2

第二章　比嘎日玛·扎迪出世　*8*

　　——第一个木头卫士讲的故事　8

第三章　比嘎日玛·扎迪汗的故事　*12*

　　甘迪日瓦汗与魔鬼的战争

　　——第二个木头卫士讲的故事　12

　　比嘎日玛·扎迪与弟弟沙鲁相逢

　　——第三个木头卫士讲的故事　14

　　比嘎日玛·扎迪与魔鬼之战

　　——第四个木头卫士讲的故事　17

第四章　苏里亚·巴迪的经历　*23*

　　——第五个木头卫士讲的故事　23

第五章　沙鲁的经历　*29*

　　沙鲁与大臣之子

　　——第六个木头卫士讲的故事　29

　　沙鲁成婚

　　——第七个木头卫士讲的故事　33

第六章　博克多·比嘎日玛·扎迪汗与妻子娜仁·达格娜　*37*

博克多·比嘎日玛·扎迪汗与被驱逐者

——第八个木头卫士讲的故事　37

博克多·比嘎日玛·扎迪汗给娜仁·达格娜讲的第一个故事

——第九个木头卫士讲的故事　41

博克多·比嘎日玛·扎迪汗给娜仁·达格娜讲的第二个故事

——第十个木头卫士讲的故事　42

第七章　摩诃萨摩迪汗　*46*

摩诃萨摩迪汗与魔鬼王后

——第十一个木头卫士讲的故事　46

摩诃萨摩迪汗的一双儿女出走

——第十二个木头卫士讲的故事　49

摩诃萨摩迪汗之子霍日穆斯图的经历

——第十三个木头卫士讲的故事　53

第八章　老八哥儿　*57*

八哥鸟的经历

——第十四个木头卫士讲的故事　57

老八哥儿讲的故事

——第十五个木头卫士讲的故事　59

老八哥儿和它的主人

——第十六个木头卫士讲的故事　63

魔 尸

第一章　阿木古郎和七个术士　70

第二章　商人之子和他的妻子　74

第三章　汗和他的同伴　80

第四章　猪头拐杖的主人　87

第五章　妻子和她的鸟丈夫　94

第六章　纳仁格日乐和他的弟弟　99

第七章　汗和臣民　102

第八章　泥瓦匠和画匠　105

第九章　兄弟俩　109

第十章　狮子和牦牛　112

第十一章　乞丐和羊羔　115

第十二章　特古斯·胡其图汗和他的情人　120

第十三章　女子和她的未婚夫　125

第十四章　牛头人　131

第十五章　神锤　142

第十六章　"阿布日希哈"　147

第十七章　贪食的老头和他的妻子　151

第十八章　愚蠢的丈夫和聪明的妻子　156

第十九章　驴耳王子　159

第二十章　织布匠人　162

第二十一章　傻女婿　168

第二十二章　提水桶的和背口袋的　174

第二十三章　玛拉雅山中的奇事　178

第二十四章　神奇的石头　181

第二十五章　蜥蜴和它的丈夫　196

三十二个木头人

（比嘎日玛·扎迪汗的故事）

第一章　比嘎日玛·扎迪汗的宝座

　　很久以前，世界上有一个阿日吉·布日吉汗，他统治着很大的一个汗国，已经有许多年了。

　　离金碧辉煌的汗宫不远的地方，有一座很高很高的土岗子，阿日吉·布日吉汗臣民的孩子们很喜欢在这儿玩耍。他们最常玩儿的游戏是赛跑。孩子们退到离土岗子一定距离的地方，然后同时争先恐后地朝土岗子上跑去。谁第一个跑上土岗子，谁就当"皇帝"。这个孩子坐在土岗子上就像坐在皇帝宝座上一样，审理其他孩子提出的申诉和请求；其他孩子则装成他的臣民。土岗子里想必暗藏着一种神奇的力量：凡是当了"皇帝"的孩子都会变得异常聪明，明察秋毫；而不当"皇帝"时，这个孩子的言谈举止并不比小伙伴聪慧多少。

　　有时还会发生这样的事情：一些大人去阿日吉·布日吉汗那儿告状，路过这座土岗子的时候，会仿佛受到一种神奇力量的吸引，不由自主地朝"孩子皇帝"走过去，把自己告状的实情讲给"孩子皇帝"听。"孩子皇帝"总能使这许多争端和案子顺利且恰当地解决。

　　有一次，土岗子上的"孩子皇帝"机智地处理了一桩案子，这让阿日吉·布日吉汗大为惊异。

　　事情是这样的。阿日吉·布日吉汗的一个百姓到外乡去寻找珍宝，想发财致富。不久，他果然幸运地找到了宝贝。不过，他还不打算返回故里，还想再找到点别的什么好东西。有一天，他在异乡遇到一个老乡，就向老乡请求道："朋友，劳您驾，您要回故乡啦，请把我找到的珍宝给我老婆带回去吧，告诉她，我还要在这儿待些日子。"

那个老乡答应了。可是之后那个老乡转念一想，认为还是偷偷留下这个珍宝对自己更为有利。于是他回到故乡之后就这么办了。

这时，朝克——就是寻找珍宝又轻信老乡的那个人——也回到了故乡。妻子迎接了他，给他做了好饭吃，然后问他在外地找到了什么好东西。他回答说："除了先头找到的那个已经捎给你的珍宝，我再没找到别的东西。"

"你说的是哪个珍宝呀？我可没有收到过呀！"妻子大为惊讶，高声问道。

朝克不信自己妻子说的话，就去找那个他托付带回宝贝的老乡。那个老乡名叫索都。

"喂，索都！"朝克喊道，"你把珍宝交给我老婆了吗？"

"那当然啦。"索都一副委屈的样子，"我一回来，就马上交给她了。"

朝克一听，便对自己的妻子大发雷霆。他恶狠狠地质问她把珍宝藏到什么地方去了。

最终，妻子实在忍受不住丈夫的殴打和欺侮，就跑到阿日吉·布日吉汗那儿，控告自己的丈夫朝克和那个贪占了珍宝的索都。

阿日吉·布日吉汗传令朝克和索都两个人前来觐见。

索都事先买通两个地位显赫的大臣为他充当证人，证明他确实把珍宝交给了朝克的妻子。审问的时候，那两个大臣确认索都讲的全是实情。于是，阿日吉·布日吉汗便宣布索都无罪，并让其他一干人也各自回家。

这几个争讼的和作证的人回家，都得经过孩子们游戏的土岗子。于是"孩子皇帝"便召唤他们过去，他们也都不由自主地听从"孩子皇帝"的呼唤，走了过去，把他们的争执过程以及阿日吉·布日吉汗的判决结果讲述了一遍。

"这个判决不对！""孩子皇帝"听完，怒气冲冲地高声说道，"我要重新审理此案，你们都要服从我的判决。"

几个争讼的人惊诧得一句话也说不出来。

"孩子皇帝"给争讼的人和作证的人每人一块泥巴，让他们背对背，用泥巴捏出那个珍宝的形状，不得有丝毫走样儿的地方。朝克同意这个要求，其他人也不得不随声附和。朝克和索都像模像样地用泥巴捏出了珍宝的形状，那两个作伪证的大臣却只能根据自己的想象捏出珍宝。他们一个捏得像马头，一个捏得像羊羔 —— 实际上他们从来没见过那件珍宝。

于是，"孩子皇帝"斥责了索都和他的假证人，命令他们赔偿蒙受冤屈之人的损失，此外，还把有关此案的书面判决结果转呈阿日吉·布日吉汗，判决词中批评了阿日吉·布日吉汗的错误裁决，还扬言要取代他的汗之位。

阿日吉·布日吉汗对这判决倒毫无怪罪之意，只是对这"孩子皇帝"异乎寻常的聪明机智惊叹不已。

还有一次，阿日吉·布日吉汗的一个大臣要去指挥一场战斗，需要外出整整一年的时间。他应该在一年之后的那一天才能返归故里。

不过，这个大臣没用一年时间就回来了，因为交战双方提前停战了。他的妻子儿女见到他当然都分外高兴。然而，到了原定大臣从战场返家的那一天，又回来一个大臣，他跟先回来的那个大臣长得一模一样，任何人都无法把他们区分开来，就是大臣的妻子儿女也分辨不清。两个大臣争执起来，都说自己是这座房子和这个家庭的主人。

这场争执大有闹出人命的危险，最后，人们只能建议他们到阿日吉·布日吉汗那儿去告状了。阿日吉·布日吉汗听了诉讼请求，便命令先把大臣的妻子和先回来的大臣带上来。他问那妇人道："这是你的丈夫吗？"

"是。"妇人语气十分肯定地回答道。

于是，阿日吉·布日吉汗让人带下先回来的大臣，再把后回来的大臣带上来。

"你认为这个人是你的丈夫吗？"

妇人左右为难地回答说她实在无法分辨这两个人。孩子们也说不出这两个人中哪一个是他们的父亲。

于是，阿日吉·布日吉汗便测试起这两个人对自家家谱的了解程度。先回来的那个大臣说出了七代祖宗的姓名，后回来的那一个却只能说出父亲、祖父和曾祖父的姓名。

由此，阿日吉·布日吉汗便裁定，那个知晓七代祖宗姓名的大臣是真的，另一个是假冒的。

那个被裁定为假冒者的大臣对这个判决很是不服。他和另一个大臣边争论边朝家走去，他们俩谁也不肯让步。当他们路过"孩子皇帝"所在的土岗子时，"孩子皇帝"命令他们把争执的事情讲给他听听。听完他们的陈述，"孩子皇帝"说道："阿日吉·布日吉汗对你们这个案子的裁决是错误的，我要给你们重新做出正确的裁决。"

这两个争执的大臣都答应服从他的裁决。于是，"孩子皇帝"命令他们各自走到离土岗子距离相等的地方，然后同时拼命地朝土岗子奔跑过来。"孩子皇帝"说："谁第一个跑到这儿，进到我指定的地方，谁就是这个家庭的主人。"

两个争执的大臣分别走到指定的地方，然后便同时开跑了。第一个跑到目标的是那个先从战场返家而且十分清楚地记得自己七代祖宗姓名的大臣。"孩子皇帝"搬出一个大罐子。那罐子口儿又细又窄，就连小孩子也钻不进去。"孩子皇帝"却对这个先跑回来的大臣说："喂，你钻到罐子里边去吧！"

这个大臣竟然毫不费力，一下子就钻进了罐子。他得意扬扬地笑着，为自己战胜对手而兴高采烈。

直到这个时候，另一个大臣才气喘吁吁地跑了过来。他也得往罐子里钻。可是。这个不幸的人，眼睁睁地看着罐子又细又窄的口儿，毫无办法，只得哭叫起来："啊！我是个肉体凡胎，我可做不了这种根本做不到的事情。"

这时，"孩子皇帝"走到罐子跟前，封住了罐口。他认为，罐口那么狭窄，能钻进去的，毫无疑问不是人，只能是个魔鬼。他封住罐口，就是防止魔鬼再钻出来。然后，他让人把这只罐子送到阿日吉·布日吉汗那儿去，同时还附上一封信。信中再一次指责阿日吉·布日吉汗断案不公，还暗示要取代他的汗位。

类似的事情发生过几起之后，阿日吉·布日吉汗觉得，在这个土岗子里可能埋着一道护符，这道护符能使那些当上"皇帝"的孩子具备帝王所应有的聪明智慧和其他种种美德。他很想解开这个谜，便下令掘开土岗子。你猜，从土岗子里到底发现了什么？

原来，土岗子里埋藏着一个富丽华贵的宝座，宝座下面连着十六级木台阶。每个台阶两侧立着两个身穿铠甲、手执武器的木头卫士。木头卫士一共有三十二个，他们的双脚都被钉在木台阶上。阿日吉·布日吉汗急忙下令，让仆从们把这把富丽华贵的宝座运进自己的汗宫。宝座一运回来，阿日吉·布日吉汗就迫不及待地想登上台阶，坐上宝座。不料，他刚登上第一级台阶，这一层的两个木头卫士就活了，举起武器拦住台阶，挡住他登上宝座的通路。见此情形，他被吓得差点没命。

"高贵的卫士们，请你们告诉我，这宝座是属于谁的？"阿日吉·布日吉汗高声问道。

第一级台阶上的一名木头卫士回答说："这宝座最早属于霍日穆斯图·腾格里汗。霍日穆斯图·腾格里汗去世之后，宝座传给了博克多·比嘎日玛·扎迪汗。假如你阿日吉·布日吉汗能像博克多·比嘎日玛·扎迪汗那样威武强大，你便可以拥有这尊宝座。现在，我要把我所知道的威武强大的博克多·比嘎日玛·扎迪汗和他父母的全部故事讲给你听。"

于是，守护第一级台阶的木头卫士讲了下面的故事。

第二章　比嘎日玛·扎迪出世

——第一个木头卫士讲的故事

从前，有一位甘迪日瓦汗，他的妻子已经老了，却没生过孩子。为了防止断后绝嗣，妻子让甘迪日瓦汗再娶一位年轻的妻子。汗娶了一位非常俊俏的公主。从此，汗对原配妻子便冷淡起来，最后竟至同她断绝了一切关系。原配妻子不甘心接受自己因不能怀孕而失去丈夫宠爱的命运，一肚子牢骚。她十分痛苦，便去找一位住在极难攀登的峭壁上的圣人喇嘛，哀求他医治自己的不孕之症。圣人喇嘛应允了她，给了她一碗泥土，嘱咐她和着茶梗喝下去。

她回到家里，照着喇嘛的吩咐做了。她把喇嘛给的泥土混合上茶梗，调成糊糊，喝了下去。碗里还剩下一点儿，她的女仆看见了，也喝了下去。不久，甘迪日瓦汗的原配妻子便感到有了身孕，后来，到了日子，就生下来一个儿子。

甘迪日瓦汗知道了这件事，暴跳如雷。他把原配妻子喊来，严厉地斥责了她的不贞行为。原配妻子为自己辩白，把那位隐居的圣人喇嘛怎样帮助她，她是怎样靠着圣人喇嘛的帮助生下儿子的经过说了一遍。甘迪日瓦汗不相信她说的话，派出自己的心腹官员到圣人喇嘛那儿去探访，看他妻子讲的是不是真话。

喇嘛的回答很肯定。那几个官员便又遵照甘迪日瓦汗的吩咐，对喇嘛说道："啊，伟大的喇嘛！请您告诉我们，这个奇迹般诞生的孩子未

来的命运如何，顺便请您给他起个名字。"

喇嘛简短地回答说，这个孩子的名字应该叫比嘎日玛·扎迪，你们要为他一天储存一千五百匹骆驼驮垛的食盐。得到喇嘛含意不清又莫名其妙的回答，几个官员返回汗宫，把所见所闻一五一十告诉了甘迪日瓦汗。汗说："一天要用这么多盐烹制食物？不对！这个孩子肯定是个青面獠牙的魔鬼。"

甘迪日瓦汗对自己的这个想法深信不疑，就命令仆从把婴儿扔到荒无人烟的地方去，让他在那儿自生自灭。

几个仆从听从甘迪日瓦汗的命令，把婴儿扔到了荒漠之地。正要回宫，他们突然看见婴儿像大人似的望着他们，开口说话了。

他们一个个惊恐万状，只听那婴儿说道："请你们代我问候我的父亲甘迪日瓦汗，告诉他，孔雀初生，不过是只毛色灰暗的雏鸟，而长大之后，全身便会披满金光闪闪的羽翎，这些羽翎将成为帝王的装饰品；鹦鹉初生，只会吱喳吱喳鸣叫，然而长大之后，便能学会人类的话语；品德高尚之人初生，也是个平淡无奇、软弱无力的孩子，而长大以后，便会成为孔武有力、知识渊博的人。甘迪日瓦汗把我抛弃在这个荒僻的地方，他却不知道，喇嘛预言的一天一千五百驮食盐，并不像他理解的那样，我每天要吃那么多用到食盐的东西，而是说，在我结婚的盛宴上，确确实实会一天用到那么多食盐。"

仆从们回来之后，把这个神奇孩子的言行向甘迪日瓦汗作了禀报。

甘迪日瓦汗听了之后，对自己的轻率行为十分懊悔，便亲自带着官员和仆从们去寻找比嘎日玛·扎迪。他们来到当初扔孩子的地方，却找不见孩子的踪影。甘迪日瓦汗和官员们找了许久，一个个都已经疲惫不堪。最终，他们听见一块石头底下有说人话的声音，仔细听了听，才听清楚，是一个人正在读一本内容玄深、富有哲理的书。官员和仆从们齐心协力把石头搬了起来，看到那个读书人一下子变成了一个柔弱的孩子。他们认出，这个孩子正是比嘎日玛·扎迪。

甘迪日瓦汗认为这个孩子来历不凡，便把他虔诚地高高举起，放在自己的肩上，带回汗宫去了。

木头卫士讲完故事，说道："阿日吉·布日吉汗，你的来历也像比嘎日玛·扎迪这样不凡吗？你也跟他一样强大吗？如果是这样，那你就可以拥有宝座；否则，我们就不准你接近它。"

第一级台阶的两个木头卫士，一个用武器抵住阿日吉·布日吉汗的胸膛，一个用手抓住他的衣服，不放他上去。但阿日吉·布日吉汗不顾卫士的阻拦，登上了第二级台阶。

守护第二级台阶的两个木头卫士顿时复活了。他们用武器挡住阿日吉·布日吉汗的去路，抓住他的手，说道："阿日吉·布日吉汗，你得先听听甘迪日瓦汗和他的儿子比嘎日玛·扎迪的故事！"

于是，第二级台阶上的木头卫士讲了下面的故事。

第三章　比嘎日玛·扎迪汗的故事

甘迪日瓦汗与魔鬼的战争
——第二个木头卫士讲的故事

很久以前，凡是汗国的汗王，都具有强健的身体和刚毅的灵魂。他们有两种本领：既可变作善神，又能化为恶鬼，有时甚至可以幻化成各种动物，当然，还能再变回原来的模样。过去这些汗都跟魔鬼打过仗。甘迪日瓦汗就经常跟魔鬼打仗。为了战胜魔鬼，他用尽了自己的全部体力和精力。

甘迪日瓦汗每次去打仗的时候，都把自己的肉身留在寺庙里，让自己的灵魂化作一个年轻英俊的武士去作战。由于甘迪日瓦汗住在年轻妻子的宫中，所以，他便委托年轻妻子小心谨慎地保护好自己留在寺庙里的肉身，绝对不让任何人触动，好让他的灵魂打仗归来后能再回到自己原来的肉身上。年轻妻子看他能从一个老头儿变成了一个年轻英俊的武士，便在他去同魔鬼打仗的时候，来到甘迪日瓦汗的第一位妻子——比嘎日玛·扎迪的母亲——那儿，把丈夫变成年轻英俊武士这件怪事告诉了她。接着，年轻妻子试探着问道："我们难道不能毁掉他留在寺庙里的肉身，让他永远变成一个年轻英俊的武士吗？"

"啊，不行！你可别这么干。"比嘎日玛·扎迪的母亲向她恳求道，

"甘迪日瓦汗的灵魂必须回归自己的肉身才行，否则，他不会那样谆谆嘱咐，让你看护好他的肉身的。"

但是年轻妻子不信原配妻子的话，竟然偷偷地把甘迪日瓦汗的肉身给烧毁了。

这里还需补充几句。在此之前，还发生过一件重要的事情。就在比嘎日玛·扎迪出生几天之后，那个喝了碗里剩下的泥土和茶梗糊糊的女仆，也生下一个男孩儿。这个女仆生的儿子，其实应该算作比嘎日玛·扎迪的弟弟，因为他们两人的出世"秘方"是相同的。

且说，这一次甘迪日瓦汗没能打败妖魔之中最为凶恶的魔鬼，只得返回家来。但是他没有找到自己的肉身，他的灵魂变成了一只小鸟儿，落在自己原配妻子的房顶上，用人话对她说道："带上你的儿子和最精壮的武士、仆从，还有值钱的宝贝，回你父亲的汗国去吧，在那儿住下来。不出七天七夜，魔鬼就会前来占领我们的汗国。我那愚蠢的少妻把我的肉身毁掉了，我再不能幻化成年轻人率领武士们去同魔鬼战斗了。我的汗国彻底毁灭了。让我那愚蠢的少妻同我的臣民一块儿死去吧。我已经为他们而死，无法复生了。"

听了这番话，比嘎日玛·扎迪的母亲便避开年轻妻子，悄悄动身，急急忙忙赶往她父亲的汗国。路上，女仆的儿子妨碍他们赶路，比嘎日玛·扎迪的母亲就劝说女仆把儿子扔在路旁的狼窝里，让他听天由命。扔掉孩子后，她们日夜兼程，不久就到了比嘎日玛·扎迪外祖父的汗国，安顿下来。

比嘎日玛·扎迪以超乎常人的速度迅速长大。他出身不凡，且具有非同凡响的智慧、超乎寻常的理解能力和极其强烈的求知欲望。他出落得身材挺拔，十分英俊；但是由于母亲只关心他的身体发育，对品德教育不大注意，再加上没有父亲管束，所以他品格上不免有所缺欠。他学会了偷盗、抢掠以及其他乌七八糟的勾当。有一天，比嘎日玛·扎迪听说，有一队来自遥远汗国的富人商队要经过这里，商队由五十名商人组成，每个商人有十辆满载货物的大车，还跟着一些下人和护卫。他打定主意去偷盗商队的财物。

当天夜里，他悄悄地摸到商队过夜的营地附近。商人们已经做好了过夜的准备，并且派出哨兵进行警戒。比嘎日玛·扎迪决定等护卫劳累过度、沉沉欲睡之时再动手。他在附近隐藏下来，一边琢磨怎么下手，一边偷听商人们的谈话。

守护第二级台阶的木头卫士讲到这儿，第三级台阶上的木头卫士拦住阿日吉·布日吉汗，给他讲了下面的故事。

比嘎日玛·扎迪与弟弟沙鲁相逢
——第三个木头卫士讲的故事

大概是天意吧，女仆生的那个孩子被扔进狼窝以后，并没有被狼吃掉。相反，狼窝里的母狼用鼻子闻了闻这小孩儿，就开始哺育起他来。当时母狼生下的小狼崽儿还很小，它的乳房里还有奶水。就这样，小孩儿跟狼生活在一起，直到路过这里的商队发现了他。

商人们看见有个小狼崽儿在跟一个小孩儿一块戏耍，就立即扑过去想逮住小狼崽儿。小狼崽儿跑掉了，跟在小狼崽儿后面的小孩儿跑得不如小狼崽儿快，便被商人逮住，跟随商队上路了。不多久，小孩儿就习惯了和人类一起生活。他特别聪颖，很快便学会了说人话。商人们给他起了个名字叫沙鲁，意思是"狼孩儿"，因为他是母狼哺育过的。沙鲁把自己的遭遇告诉了商人：他怎样被母亲扔掉，母狼又怎样哺育了他。这些情形，都是母狼告诉他的。

逮住沙鲁的商队，正是比嘎日玛·扎迪窥视的这支商队。

夜色降临，附近传来狼的嗥叫，这嗥叫是狼在向自己养育过的小孩儿做最后的道别。好奇的商人向沙鲁问道："狼群如此悲哀地嗥叫，是想表达什么意思呢？"沙鲁对狼的语言比对人类的语言还熟悉，就把狼嗥的意思翻译给商人们："人类错误地杜撰出一条谚语——野狼不管怎么喂养，它也总是瞅着森林。这条谚语，用于你们人类才更为恰当。当你的母亲听命于她的主人，也就是你哥哥比嘎日玛·扎迪的母亲，把你扔掉，让你死在荒野之中的时候，沙鲁，我们像对待亲生狼崽儿一样地哺育了你。现在你却抛弃了我们，开始习惯人类的生活了。好吧，我们只好希望你万事如意。不过，也要把你面临的危险预先告诉你。你要小心，今天夜里将有暴风雨，一个小偷儿也正窥伺着营地里商人们的财产。商人们是否平安，就看他们的警惕性如何了。既然今后你将跟人类一起生活，那你就多为他们做点好事，赢得他们的热爱吧。说来，你也无愧于这种热爱，因为你出身高贵，你是在圣人喇嘛——就是帮助甘迪日瓦汗的妻子生下你哥哥比嘎日玛·扎迪的那位喇嘛——的祈祷下降生的。你还要记住，明天夜里还将有更猛烈的暴风雨，暴雨将成灾。你要搭救商人们，别让他们淹死。你还要告诉他们，在你们过夜的营地旁边的河里，会漂来一具溺死的尸体，那是被强盗抢掠杀死之后抛进河里的。尸体的胯间藏着一件价值连城的宝贝。如果你们截住了尸体，就把那件宝贝收好。"

躲在附近的比嘎日玛·扎迪偷听完沙鲁的翻译，便撇下商队赶回家去，想跟母亲打听一下沙鲁出生的情况和遭遇。母亲和女仆都证实了狼说的情况是真的。比嘎日玛·扎迪说："我要去找到沙鲁，把他给你们带回来。"

家里的人都不相信他说的话。一个被扔到荒无人烟的地方喂狼的小孩子，怎么可能活下来呢！比嘎日玛·扎迪见无法说服她们，第二天就又跑到了商队营地。这时，商队为了避开洪水，在第二天夜里已经搬到了一处安全的地方。河水暴涨的时候，商人们又都下到了河边，去守候那具将顺水而下的藏着宝贝的尸体。

比嘎日玛·扎迪来商队营地时把自己的玉玺也从家里带来了。他看到商队营地已经阒无人声，便在商队大车装载的所有货物上盖上自己的玉玺印记，然后沿河溯流而上，赶到比商人们更远的上游。在那里，他发现了河里漂来的尸体，将之拖上岸来，从尸体的胯下掏出一件宝贝，再把普通的石块放进去。后来商人们在尸体胯下得到的，就是这些普通的石块。

比嘎日玛·扎迪回到家里，对外祖父说，有一支商队给他送来了货物，可是半道上被强盗劫去了。

"因此，请您派一队士兵夺回我的货物，那货物上面都有我的玉玺印记呢。"

外祖父起初不相信外孙的话，但最终还是给他派了士兵，并委派大臣去夺回属于比嘎日玛·扎迪的货物。此后士兵们碰到的情形，与比嘎日玛·扎迪所讲的完全一样。于是，士兵们夺下货物，并遵照大臣的命令要处死那些商人。不过，当时在场的比嘎日玛·扎迪却表示可以饶商人们一死，甚至可以把所有的货物全给他们留下，但是必须有一个条件，就是他们要把与他们同行的那个名叫沙鲁的孩子交给他。商人们自然二话没说，就把小孩子交了出来。就这样，女仆的儿子又回到了母亲身边。女仆也从小孩身上的胎记认出了这是自己的儿子。

第三级台阶的木头卫士讲到这里，守护第四级台阶的木头卫士复活，接着讲了下面的故事。

比嘎日玛·扎迪与魔鬼之战

—— 第四个木头卫士讲的故事

几年过去了，比嘎日玛·扎迪和沙鲁都长成了小伙子。比嘎日玛·扎迪想去跟魔鬼打仗，并把这个想法告诉了母亲。但是，母亲不同意，哭着对他说："我亲爱的孩子，你怎么敢跟魔鬼去斗啊。当年你父亲甘迪日瓦汗身体强健，灵魂刚毅，都没能战胜魔鬼，甚至连我们的汗国都彻底败亡了。"

可是，比嘎日玛·扎迪不听母亲的哭劝，依然坚持自己的想法。最终，他跟沙鲁商议好往母亲喝的茶里掺一种草药，这种草药能使人失去意识。就这样，一天之内两位妇人喝了几次这样的茶，便丧失了意识。她们变得浑浑噩噩，根本不知道自己的孩子已经去跟魔鬼打仗了。比嘎日玛·扎迪和沙鲁一个人也没带 —— 跟魔鬼打仗，需要的不是力量，而是智慧和计谋。

比嘎日玛·扎迪的心头燃烧着强烈的愿望，他要为自己父亲汗国的覆灭复仇。魔鬼及其武士都是些极其凶残的嗜血家伙，他们把那些从甘迪日瓦汗国以及其他战败汗国逮来的俘虏，都当作食物吃掉了。那些被征服的汗国里，只剩下一些魔鬼不爱吃的年迈老者。因此，当比嘎日玛·扎迪和沙鲁回到自己的故国即昔日的甘迪日瓦汗国的时候，找到的只是一些行将就木的老人。有一个老人走到他们跟前，悲痛地讲述了自己的遭遇和无助：他唯一的儿子被魔鬼抓走了。比嘎日玛·扎迪心中充满了对老人的怜悯，他让沙鲁留在老人身边照顾老人，自己独自一人去战魔鬼。比嘎日玛·扎迪很快就到了魔鬼那儿。他看到，魔鬼居住在一座雄伟壮丽的宫殿中，宫殿附近有一处大院；那些供魔鬼随时食用的人，都被赶进这处大院。比嘎日玛·扎迪来到这里的时候，正有一个面目狰狞的刽子手把一群年轻人和小孩子赶进大院，准备把大门锁上。

比嘎日玛·扎迪悄悄地混到人群跟前，瞅准机会，像猛虎一般向刽子手扑过去。他一只手掐住刽子手的咽喉，另一只手折断他的手脚。然后，比嘎日玛·扎迪把刽子手绑到马鞍上，命令他到魔鬼那儿去。

"告诉魔鬼，就说甘迪日瓦汗的继承人比嘎日玛·扎迪让他前来决斗。"

但是，魔鬼却派来四个仆人，要绑了比嘎日玛·扎迪，把他抓去。比嘎日玛·扎迪杀死了其中三个仆人，又像收拾那个刽子手一样惩处了第四个仆人，放他回到魔鬼那儿去替他叫战。怒不可遏的魔鬼来了，决斗开始了。比嘎日玛·扎迪把宝剑一挥就刺穿了魔鬼的咽喉。可是，只要比嘎日玛·扎迪抽出宝剑，魔鬼的伤口便马上愈合。魔鬼也刺伤了比嘎日玛·扎迪的胸膛，他的宝剑一拔出，比嘎日玛·扎迪的伤口也愈合了。只不过比嘎日玛·扎迪的伤口处留下了疤痕，而魔鬼的伤口处了无痕迹。于是，比嘎日玛·扎迪想起来了：魔鬼的灵魂总是飘在他的身外，寄住在某种凶猛的或者不干净的动物身上。于是，比嘎日玛·扎迪用他那明察秋毫、洞察一切的眼睛四处搜寻，终于看见魔鬼的灵魂正待在一个鸟窝中的鸟蛋里。比嘎日玛·扎迪迅速引弓搭箭，射向鸟蛋。

箭矢穿入鸟蛋，把鸟蛋击得粉碎，魔鬼的身体轰然坍倒在地，尸体的恶臭随之便很快弥漫在四周。

魔鬼的武士和仆从看到主人已经战败身亡，便伏地向比嘎日玛·扎迪发誓当他的奴隶。

比嘎日玛·扎迪从魔鬼的宫殿里带走全部珍宝，同时释放了被魔鬼俘虏的所有人，其中包括龙王的女儿。龙王的女儿是一个漂亮的姑娘，被魔鬼关在地牢里。比嘎日玛·扎迪极其隆重地把她送回她的汗国，还将魔鬼宫中剩下的所有东西都付之一炬。最后，他将魔鬼的军队和百姓作为俘虏带回故国。

比嘎日玛·扎迪回到已故甘迪日瓦汗的汗国，用俘虏做劳工，用魔鬼宫殿的珍宝做资金，重建了汗国，还把剩余的财物分给臣民。甘迪日瓦汗原来的宫殿和寺庙重新耸立起来了。同时，比嘎日玛·扎迪还为自己建造了新的宫殿，并把宝座安放在宫中。

办完这些事情之后，比嘎日玛·扎迪为上天献上祭品，以表谢意。就在此时，上天赏赐的一块罩布突然出现在他的宝座上。这块罩布是紫

红色的，上面缀着一方柔软的绒布，绒布上绣着龙、鹰、狮、虎的图案，图案上方还饰有一根金色的羽毛。与此同时，还出现了三十二个身穿盔甲的卫士。迄今为止，在这个汗国里从未见过这样的卫士。这三十二个卫士把罩布端端正正罩在宝座上，然后，他们站到宝座下面的台阶上，每个台阶站两个。需要保卫宝座的时候，这些卫士便能变成活人。有权占有这宝座的人，才能通行无阻地登上宝座。于是，比嘎日玛·扎迪勇敢地登上了为他准备好的宝座，并向臣民宣告，他的统治时代从此开启。

为了庆祝他的登基以及他同龙王女儿的婚礼，博克多·比嘎日玛·扎迪汗举行了盛大的宴会，下令让自己的全体臣民参加，并邀请所有邻近汗国的臣民来赴宴。宴会持续了七个星期，太阳升起了七七四十九次。为准备待客的美味，宰杀了大量的家禽、野鸟和鱼类。要调制的美食太多，一千五百匹骆驼驮垛的精制食盐勉强够用，就如当初那位圣人喇嘛所预言的那样。人们从各个汗国前来参加博克多·比嘎日玛·扎迪汗的婚礼。当时有这样一种习俗，就是人们都想把自己最好的礼品、美食、饮料全带到宴会上来，所以，筵席丰盛无比。

博克多·比嘎日玛·扎迪汗也没忘记自己的母亲和沙鲁的母亲。他从收到的茶叶礼品里挑选出提神上品，送去给她们喝。结果，两位妇人的麻痹状态消失了，意识和理智恢复了。两位妇人亲眼看到了自己的儿子平安健康，听说了他们经历的一切，知道了博克多·比嘎日玛·扎迪汗娶了妻子，还收复了父王的汗国，都很欣慰。

第四级台阶的木头卫士讲完故事，说道："阿日吉·布日吉汗，假如你也如此强大有能力，那你就可以登上宝座；否则，我不放你上去！"

　　阿日吉·布日吉汗使劲儿推开木头卫士，登上了第五级台阶。守护第五级台阶的木头卫士复活了，拦住他，给他讲了下面的故事。

第四章　苏里亚·巴迪的经历
——第五个木头卫士讲的故事

博克多·比嘎日玛·扎迪汗同龙王的女儿结婚之后，生活得很幸福。他们生了三个儿子：恩德拉·巴迪、赞德拉·巴迪和苏里亚·巴迪。老大和老二都已经娶妻，老三苏里亚·巴迪还是个单身汉。他爱打猎，整天追逐飞禽走兽。有一次，他打猎回来，疲惫不堪，干渴难熬，便顺路走进大哥恩德拉·巴迪家。他看见大嫂正坐在那儿缝东西，于是便对大嫂说道："给我拿点儿水喝吧，我都快渴死啦！"

大嫂却回答说："等一等吧，过一会儿我叫使女给你拿水来。你看，我现在没空，我正为神缝桌布呢。"

"好一个村妇之见。"苏里亚·巴迪生气地说道，"你认为缝桌布敬神更重要，那你就缝桌布敬神去吧。等你敬完神，我早就渴死了。"

大嫂听到小叔子说她是村妇，觉得很委屈，就嘲笑苏里亚·巴迪说："我不侍候你。你要有办法，就去给自己找一个有三十二种精神美和六十种外观美的村妇，让她侍候你吧。"

"好吧。"苏里亚·巴迪说道，"你记住，我一定给自己找一个这样的妻子，她会具备你刚才说到的那些美德和品格的。这一点，我可以在神的面前向你发誓。我现在就离开，不找到那样的妻子我就不回来。我走的事，我谁也不会告诉。"说完，苏里亚·巴迪就走了。

苏里亚·巴迪的父母有一段时间没见到他，很不放心。最终，他们决定让大臣和士兵组成一支搜索队伍，前去寻找失去音信的小儿子。这支队伍搜寻了不少日子，终于在一个很深的山洞里找到了苏里亚·巴迪。他当时正在这个山洞里向神祷告。大臣们请他跟他们一块儿回到为他担惊受怕的父母身边去，苏里亚·巴迪却因为跟大嫂有过争执，拒绝回去。除了这几句话，苏里亚·巴迪再没说别的。被派出来寻找他的人赶紧回到博克多·比嘎日玛·扎迪汗身边，报告了探听到的情况。

博克多·比嘎日玛·扎迪汗让妻子到大儿媳那儿打听小儿子的情况，以及他拒绝回家的原委。开始，大儿媳避而不答，婆婆出身于尚武好斗的龙王家族，盛怒之下打了大儿媳几个耳光，表示要是再不讲她跟苏里亚·巴迪之间发生了什么事，那就要更重地责罚她。大儿媳哭了起来，把自己跟小叔子争吵的经过以及最后的结果都讲了一遍。怒气冲冲的婆婆让丈夫把大儿媳关进牢里，直到小儿子回来为止。博克多·比嘎日玛·扎迪汗听从妻子的意见，把大儿媳关进了牢房。

与此同时，苏里亚·巴迪持斋祈祷，四处漂泊，已经达到一种崇高境界：对自己肉体遭受的种种苦难以及引发的种种变化都能处之泰然。这种人，人们称为"阿日喜"。有一天，苏里亚·巴迪正在苏嘎日汗的汗国境内的湖畔做祈祷，一个苏嘎日汗国的子民比日曼[1]来到他跟前。这个比日曼是个极其自私自利的家伙，既有好奇心，又能死缠硬泡。这个家伙向苏里亚·巴迪打听开了，问他是什么人，为什么流浪漂泊，是哪个汗国的，等等，等等。

---

[1] 比日曼：乞丐，或者流浪汉。

苏里亚·巴迪回答道："我是个修行之人，正在磨炼品质，以求万念俱静。现在神已赐福于我，我已经达到了'阿日喜'的境界。"

"啊呀！"比日曼喊了起来，"你是个'阿日喜'吗？有这么一件事。我的老婆是一个病娘娘，不管什么样的医生，什么样的药物，都治不好她的病。不过，哲人们说，要是我能从'阿日喜'手里弄到一块心头肉给她吃，她就可以恢复健康；否则，她只有死路一条了。假如你真的达到了'阿日喜'的境界，那你就把你的心头肉给我一块儿，救我老婆一命吧。"

苏里亚·巴迪撕开自己的胸膛，从心上割下一块肉，给了那个比日曼。

那个比日曼道过谢，便径直跑到苏嘎日汗那儿，说道："伟大的汗呀，在你的汗国里有一位'阿日喜'。你知道吗，为了检验他是不是真的'阿日喜'，我求他把自己的心头肉给我一块儿，他竟然真的给了我。"

其实，这个比日曼从未有过老婆，他是在欺骗圣人苏里亚·巴迪，达到从中牟利的目的。狡诈的比日曼建议苏嘎日汗邀请"阿日喜"到宫廷里，以便汗的全体臣民都能从圣人的善行中受益。

苏嘎日汗对这个建议很感兴趣，便赏了比日曼一些钱。然后，苏嘎日汗同大臣们商量好，派大臣们去邀请"阿日喜"苏里亚·巴迪来汗宫里居住。

汗宫最为富丽堂皇的宫殿里，住着苏嘎日汗的养女。这位养女出身于霍日穆斯图·腾格里汗家族，跟一个贴身女仆单独住在这里。由于这座宫殿最适合接待圣人"阿日喜"，所以苏嘎日汗便安排"阿日喜"住了进去。如果"阿日喜"肯住进这座宫，在祈祷祭祀时，他的养女还可以服侍这位"阿日喜"。

其时，苏嘎日汗的养女已经许给毗邻的一个强大汗国的汗为妻了。

苏里亚·巴迪很快就搬进宫里。他很快讨得苏嘎日汗的喜欢，并获得了他的尊重。苏嘎日汗的养女一见到这位令人心驰神往的美男子"阿日喜"，心中便对他产生了炽烈的爱情。她把自己的感情向养父和盘托出。

苏嘎日汗也认为"阿日喜"是养女能找到的最好的夫婿。很快，苏里亚·巴迪从苏嘎日汗和他养女的种种暗示中就知道，他们很乐意同他结亲。作为一个出身于霍日穆斯图·腾格里汗家族的公主，苏嘎日汗养女的地位不比圣人"阿日喜"低多少。此外，她还具备种种高尚品德，而且非常喜欢苏里亚·巴迪。因此，当有一次苏嘎日汗把自己的意思告诉"阿日喜"时，苏里亚·巴迪便表示，他愿意娶她。可是，苏嘎日汗眼下还不知道该如何回绝养女的第一个未婚夫，也就是邻近汗国的那个强大的汗，因为如果悔婚的话，便会在众人眼里降低自己的人格。于是，苏嘎日汗召集大臣开会，对这个涉及家庭与政治的重要问题进行商讨。苏嘎日汗把他打算回绝邻国的汗，将养女嫁给"阿日喜"的意思讲明后，遭到了大臣们的一致反对。他们认为。一个汗违背自己的诺言，是很不体面的行为。首席大臣扎门那颜的反对言辞最为激烈。他说："汗，假如你自食其言，在臣民与天下人面前丧失人格，那么，我们就将另择新汗。"

苏嘎日汗十分清楚，假如真要发生这样的事，那么，另择的汗不是别人，很可能就是首席大臣扎门那颜了。

一听这话，苏嘎日汗很惊恐，便开始低声下气地恳请大臣们同意他的主意。他赏赐他们厚礼，提升他们的官阶，还在宫廷盛宴上亲手给大臣们敬酒。

在这种情况下，大臣们不好再反对苏嘎日汗的意见，由他根据自己的心愿，处理养女的婚事。

苏嘎日汗把退婚信函送交给邻近汗国的汗。感到蒙受了奇耻大辱的未婚夫对苏嘎日汗宣战了。

苏里亚·巴迪向苏嘎日汗讲明，他是强大的博克多·比嘎日玛·扎迪汗的儿子，他要去请求父亲同苏嘎日汗结盟抗敌。说完，他就上马回家了。

博克多·比嘎日玛·扎迪汗看到他早就认定已经死去的儿子归来，高兴极了，立即应允了儿子的请求，交给他一支由沙鲁统领的军队。苏里亚·巴迪来到苏嘎日汗的汗国，联军顺利地战胜了敌军，夺取了邻近的汗国，将其版图并入了苏嘎日汗的汗国。

苏里亚·巴迪迎娶了苏嘎日汗的养女，举行了盛大的婚礼，还得到了苏嘎日汗作为嫁礼送给他的整个汗国——苏嘎日汗没有子嗣，苏里亚·巴迪成了他的继承人。

博克多·比嘎日玛·扎迪汗一高兴，释放了大儿媳妇。大儿媳妇得知小叔子确实找到了一位具有三十二种精神美和六十种外观美的妻子，她承认自己输了。

第五个木头卫士讲完故事，说道："阿日吉·布日吉汗，不必说博克多·比嘎日玛·扎迪汗了，你就是能像他的儿子苏里亚·巴迪或者他的弟弟沙鲁那样伟大，你也能够占有这宝座。你比得上他们吗？"

阿日吉·布日吉汗不顾卫士的阻挡，登上第六级台阶。守护第六级台阶的木头卫士复活了，把他拦住，不让他走上去，给他讲了下面的故事。

第五章　沙鲁的经历

沙鲁与大臣之子
——第六个木头卫士讲的故事

博克多·比嘎日玛·扎迪汗的弟弟沙鲁有一个伙伴，是一个大臣的儿子。后来，大臣娶了后妻，后娘很不喜欢这个继子。

有一天，大臣的儿子在院子里跟伙伴们踢牛毛球玩儿，他使劲儿踢了一脚，牛毛球飞进窗户，后娘正坐在这扇窗户边，牛毛球刚巧击中了她的脑门儿。后娘就自己抓破脸，跑到丈夫跟前，说道："你看看你儿子干的好事！"

丈夫以为儿子打了后娘，很生气，就把儿子赶出了家门。

儿子离开家，找到朋友沙鲁，把事情的原委讲了一遍，然后说他要到别的汗国去流浪。善良的沙鲁不愿意丢开不幸的朋友，便决定陪他去流浪。于是他们一起上路了。

他们到了占达日汗的汗国。汗国的公主笃信宗教，经常念经祈祷，连吃的食物都是亲手在树林中采摘的浆果。

有一天，公主正在树林里采摘浆果，来了一个魔鬼，把她抓走了。这种凶恶的魔鬼，占达日汗国有好多好多。一个女仆看见公主被魔鬼抓走了，赶紧跑回去向占达日汗报告。占达日汗急忙派出急使到四处去搜

29

寻，允诺说，谁能从魔鬼手中救出公主，谁就将得到重赏。

急使们来到博克多·比嘎日玛·扎迪汗国。博克多·比嘎日玛·扎迪汗听完他们的话，说道："假如我的弟弟沙鲁在家，那他就可以打败魔鬼，因为他已经不止一次打败过这种恶鬼了。可是，他现在不在家，我也不晓得他去了什么地方。不过，你们要是能够找到他，他便可以从魔鬼手中救出你们的公主了。"

急使们赶忙去寻找沙鲁，幸好最终还是找到了。沙鲁答应救出公主，并立即动身前去寻找。这一天，沙鲁来到一片湖水边上，看见湖边坐着一位衣着华丽的女子，女子旁边还睡着一个男人。沙鲁认出这个男子是一个魔鬼，由此猜到那个女子便是失踪的公主。沙鲁便爬到一棵大树上，给公主打手势，让她从魔鬼身边离开。公主离开以后，沙鲁引弓搭箭，单等魔鬼醒过来，用弓箭把他射死。之所以要等魔鬼睡醒，是因为魔鬼睡觉的时候，灵魂不在身体内；杀死他的身体，他的灵魂仍然可以再幻化成人。沙鲁等到魔鬼刚刚醒过来，就立即把他射死了。然后，他跟自己的伙伴儿——那个大臣的儿子——带上公主，动身回占达日汗那儿去。不料，在去见占达日汗的路上，大臣的儿子对公主产生了爱慕之情。他担心沙鲁会成为他的情敌，他知道沙鲁出身比自己优越，因此对沙鲁产生了嫉恨。

有一天，他们来到一口很深的水井旁边过夜。精明的沙鲁打水的时候，发现井里坐着一个人。原来，那又是一个魔鬼。一行三人都躺下睡觉，只有沙鲁没有合眼。他拉开弓箭，避开躺在他与水井之间地上的伙伴儿，等那个魔鬼从井里一露头就射死他。这时，大臣的儿子突然醒了，一看见沙鲁已经拉开的弓箭，便高声喊道："哦，你原来是想要杀死我，好夺走公主呀！"

"啊，你这个傻瓜！"沙鲁说道，并且向大臣的儿子解释说，他是想杀掉另一个魔鬼，另一个魔鬼此刻正待在井里，"他要等我们睡着，才好对我们下手。"

但是，大臣的儿子不相信沙鲁的解释，一口咬定沙鲁是想要杀死他。于是沙鲁大发脾气，高声叫道："既然如此，那就请你来守卫公主吧。要我睡觉，我正求之不得呢。"

沙鲁把弓箭扔给大臣的儿子，便躺在地上，睡着了。

大臣的儿子想着公主，也很快就睡着了。这时，魔鬼从深井里跳出来，抓住公主，把她弄进了井里。沙鲁睡醒以后，找不着公主，便把大臣的儿子喊醒，责骂他把公主给看丢了。

沙鲁心想，公主可能是被魔鬼弄到井里去了。没有别的办法，只好下到井里去把公主弄上来。沙鲁决定把绳子系在身上，亲自下到井里。他吩咐大臣的儿子，他在井里要是猛然拉一下绳子，就把他拽上来。沙鲁下到井里，公主真的被弄进这儿了。沙鲁把绳子系在公主的身上，大臣的儿子照事先约定好的信号把公主拽了上来。公主上来以后，想把绳子再放回井里，把沙鲁拉上来。可是大臣的儿子却对她说："不用啦，他是个巫师，是个恶棍。他还想杀掉我。就让他留在井里吧。"

大臣儿子的话，公主不得不听。不过公主想，如果沙鲁真的是个巫师，那他还是能从井里出来的。为了留下她对沙鲁的怀念，她在井边儿垒起一个小石堆，还在石堆里藏了一件珍贵的东西。

"这也许对沙鲁会有些用处吧。"公主心里想。与此同时，她忍不住哭了起来，毕竟她爱上了这个救了她性命的沙鲁。这之后，她和大臣

的儿子又继续赶路了。

第六个卫士讲到这儿，守护第七级台阶的卫士复活了，接着讲了下去。

沙鲁成婚
——第七个木头卫士讲的故事

有几个为修建庙宇而四处化缘的喇嘛，从沙鲁待的那口水井旁边经过。他们想饮饮骆驼，就去井里打水，可是用绳子吊上来的是一个人，他们一个个都惊慌失措了。

"别怕，我不是魔鬼。"沙鲁说。他把自己落入井里的经过向他们讲了一遍。然后，他朝四周围看了看，发现井边有一个小石堆。他很想知道，为什么在这儿出现一个小石堆，就动手把它搬开。搬开后，他在小石堆里发现一件珍贵的物品。那几个喇嘛也将他们四处奔波的目的告诉了沙鲁。沙鲁为了感谢喇嘛们的救命之恩，便把珍贵物品送给了他们，并且说道："这件宝贝足够你们盖起一座寺庙啦。"

且说，阴险的大臣儿子把公主送回她父亲占达日汗宫里，对占达日汗说公主是他解救的。最后，他对国王表示向公主求婚。占达日汗因为女儿找到了，非常高兴，便对骗子说："是你救了我女儿，因此你就比别的人更有资格娶她为妻。我答应你的求婚。"

但是，女儿却对父亲说："请原谅我，爸爸，我出嫁之前，需要持斋祈祷，驱除我身上沾染的魔鬼的秽气。"

于是，公主开始持斋祈祷。

在这期间，有一次，占达日汗向骗子询问沙鲁在哪儿。骗子回答说："沙鲁死啦。不过，冒名顶替他想牟取私利的还大有人在,。所以，您要给仆人们下个命令，倘若有冒名顶替沙鲁的家伙来了，就让他们打断他的腿，把他赶出庭院。"

因此，当沙鲁真的来到汗宫，说出了自己姓甚名谁的时候，仆人们就像对待一个冒名顶替者那样，毫不留情地打断了他的双腿，把他扔到庭院外一棵树下。这棵树从前能结出十分好看的黄金果，树皮还能治病，因此甚得占达日汗的喜爱。可后来，这棵树不知为什么竟枯死了。为此，占达日汗特别生气，下令让园丁搬进牢房居住，还说，这棵树什么时候复活，园丁什么时候才能从牢房中搬出来。

园丁常常从牢房走出来，瞧瞧这树活了没有。

有一天，园丁发现树活了，长出了新芽儿。同时，园丁也发现了树下的沙鲁，他的双腿也长好了。园丁问他发生了什么事情，沙鲁便把自己的遭遇说了一遍。

"那你这些天究竟靠什么生存呢？"园丁问他。沙鲁回答，他靠吃树皮活着。听了沙鲁的回答，园丁便答应给他带点吃的东西来。

"你认不认识能见到公主的人？"沙鲁问园丁道。

"哦，当然认识！我的女儿就是服侍公主的。"

"啊，请你发发善心吧。"沙鲁高声说道，"下次你给我带纸墨来，我要给公主写一封至关重要的信，然后让你女儿把这封信转交给公主。将来，我会重谢你的。"

园丁照沙鲁的要求给他带来了纸墨，沙鲁给公主写了一封信。在信中，沙鲁写了他怎样被救出水井，写了他怎样被她父亲的仆人打断了双腿；还告诉公主，他现在何处。公主读完这封信，就哭了起来。她去对父亲说："我听说我们喜爱的那棵树开始复活啦。我们得去看看。我们总是吃树上结的果子，可别忘恩负义，把树给忘了呀。"

"走吧，那我们就去瞧瞧吧。"占达日汗说。

公主来到树下，一见到沙鲁就哭着扑到他的怀里。然后，她对父亲说道："这个人才是我真正的救命恩人，那个骗子他不是。"她把骗子的所作所为以及沙鲁的遭遇都告诉了父亲。

"我这就下令把那个骗子碎尸万段。"占达日汗愤怒地说道。

沙鲁却为自己的伙伴辩解道："汗，我请求您不要这样做。我可以原谅他。我是为了保护他才跟他一起出来流浪的。我不愿意他因我而死。他是我的朋友。我可以为他粉身碎骨。"

占达日汗说道："既然你原谅了他，那我也就原谅他吧。但是，我该怎么酬谢你对我女儿的救命之恩呢？你是要金子，还是要珍宝？"

"金子和珍宝，我都不需要。"沙鲁说，"在我们汗国里，我的地位只在我的兄长兼朋友博克多·比嘎日玛·扎迪汗一人之下。"

"那好吧，那就拿我的女儿作为奖赏吧，因为她爱你。"占达日汗说道。

不久，沙鲁跟公主回到博克多·比嘎日玛·扎迪汗国，举行了盛大的婚礼。沙鲁娶了占达日汗的女儿，他们生活得十分美满幸福。

第七个木头卫士说完故事，问道："阿日吉·布日吉汗，你能比得上博克多·比嘎日玛·扎迪汗的弟弟沙鲁的宽宏大度吗？"

阿日吉·布日吉汗没有回答卫士的问话，也不顾卫士的阻拦，登上了第八级台阶。守护第八级台阶的木头卫士拦住他，给他讲了下面的故事。

第六章　博克多·比嘎日玛·扎迪汗与妻子娜仁·达格娜

博克多·比嘎日玛·扎迪汗与被驱逐者
——第八个木头卫士讲的故事

在博克多·比嘎日玛·扎迪汗的治理下，整个汗国国泰民安。有一天，比嘎日玛·扎迪汗得知，某个汗国的汗死了，他没有子嗣，人们只好推选出新的汗，可新汗登基仅一天就死了；人们又推选了一个，也同样在登基的第二天死了。此后，不管人们推选出谁当汗，新汗也没有多活一天。人们陷入恐慌之中，不知所措。博克多·比嘎日玛·扎迪汗带上统帅沙鲁，装扮成穷人，秘密来到这个汗国，想帮助人们选出一个长命的汗。

他们来到这个汗国，顺路走进一家人家，准备在那儿休息过夜。他们谈起了推选汗事儿，这家主人显出一副非常绝望的样子：他的儿子被推选成新的汗，这就意味着他儿子也逃不脱前几位汗的命运，他再也别想活着见到他的儿子了。听他这么一说，博克多·比嘎日玛·扎迪汗便说道："这样吧，主人，请让我替你儿子去当汗吧。生命对于我来说，没有什么可以流恋的，我不怕死。"

主人听到这个主意，感到十分高兴。不过他说，这事儿他一个人做不了主，还得问问主持推荐新汗事宜的四位明智长者。如果他们不反对，那他自己是同意这个建议的。四位明智长者召集起人们，把主人的要求讲了一遍。当然，人们觉得选谁都一个样，于是，博克多·比嘎日玛·扎迪汗就被推选为新汗。四位长者同时还发布了为这位新汗送葬的命令。这是因为，这位新汗想必也会与前几位汗一样，明天就会死去。

博克多·比嘎日玛·扎迪汗来到那个没有子嗣的老汗的宫殿，观察起来。他发现，老汗的生活习惯与众不同，每天都用四种特殊的办法把供品敬献给神灵。他同时还了解到，那些登上汗位第二天就死掉的新汗，都没有给神灵献上这些供品。

于是博克多·比嘎日玛·扎迪汗断定，那几个新汗之所以第二天就死去，原因就在于他们没给神灵献上供品。他立即献上供品，并向神灵祷告。新汗第二天安然无恙，第三天也好好地活着，竟一直活了下来，这让人们又惊奇又高兴。在博克多·比嘎日玛·扎迪汗的英明治理之下，这个汗国的人民生活得十分安宁幸福。

有一次，一个大官断错了一桩案子，大臣们决定将他处死。但是，博克多·比嘎日玛·扎迪汗考虑到这个断错案子的大官先前有功，便劝说大臣们将他的死刑改判为驱逐出境。

那个大官随身带上各种干粮，出了国境。路上，他来到一座山脚下，忽然想起要用剩下的一些美食敬献神灵。于是他用剩下的油点着一盏灯，把灯放在一块石头上，再掏出美食供上。一切如仪做完之后，他便伸手去拿回供品，好自己食用。可是，这些供品突然间被一种无形的力量推走，他没能拿到。他掏出自己身上剩下的最后一些食品，刚想吃，这些食品也从他的手里飞走了。他跑去抓食品，食品就往远处飞。

就这样，食品在前边飞，他在后边追，一直追到一条山谷，跑进一个狭窄的山隘之中。山隘越往里越窄，最后变成一个不大的山洞。他很想走进山洞去看个究竟，可忽然间出现了一只巨大的石山羊，挡住了他的路。只听得那只石山羊开口说道："你不许进去。这里住的是世界上最美丽的娜仁·达格娜。她许下愿心，正在默默地祈求自己的灵魂得到救赎。她谁也不想接待。曾经有五百个英俊青年爱上了她，想破坏她的幽居独处，结果都被囚禁在这峭壁之中。"

对于这个被驱逐出境的人来说，现在面临的是：要么饥饿而死，要么去冒更大的危险。他选择了后者，继续朝洞口走去。那只巨大的石山羊用犄角使劲儿一顶，就把他抛到了几里远的地方，他竟然跌落到博克多·比嘎日玛·扎迪汗的汗宫，出现在汗的膝下。

"你已经被驱逐出境，怎么还敢回到这里？"博克多·比嘎日玛·扎迪汗问道。

这个被驱逐的人只好将自己的遭遇讲了一遍。

于是，博克多·比嘎日玛·扎迪汗召来三位重臣和弟弟沙鲁，让这个被驱逐的人领着他们五个人跟他一起去石山羊所在的地方，证实一下他说的情况是否属实。

博克多·比嘎日玛·扎迪汗来到那个山隘口，看见一只巨大的石山羊，就用双手抓住了它的犄角。然后，他让那三位重臣和沙鲁走进公主居住的山洞，分别变成不同的东西：第一个人变成公主的扶手椅，第二个人变成公主面前点着的蜡烛，第三个人变成公主祈祷时摇动的铃铛，第四个人变成一串念珠"额里赫"。在此之前，博克多·比嘎日玛·扎迪汗就对这四个人说过自己的计划。这计划的目的是，无论如何也要使公主放弃她许下的修行愿心；同时，汗为了实现他的计划，还指定这四个人应当幻化成怎样的角色，应该说怎样的话。汗说，假如公主放弃她的修行誓愿，她就会满足他们四个人的所有愿望。现在，三个大臣和沙鲁都进了山洞，每个人都变成了预先指定的角色。

最后，博克多·比嘎日玛·扎迪汗亲自登场了。

他向公主躬身致意之后，对她说，他是来恭请她回宫的，希望她不要拒绝他的关心和谈话，恳请她接受回宫的建议。公主听了，一言不发。这时，扶手椅替她回答道："公主已经许下沉默修行的愿心，因此不便开口说话。"

扶手椅竟然开口说话，这使公主大吃一惊。不过，她还是一言不发。

"既然如此，"博克多·比嘎日玛·扎迪汗说道，"我们就聊聊天儿，给公主排忧解闷吧。比如说，我们可以轮流给公主讲讲故事。"

"我不能讲，因为公主正坐在我身上呢。既然您建议讲故事，那就请您尊贵的客人讲吧。"扶手椅说道。

公主朝扶手椅底下瞧了又瞧，看看是不是有什么人藏在下面。她摸了摸扶手椅，愈加惊奇不已。

"好吧。"博克多·比嘎日玛·扎迪汗说，"那我就讲点什么吧。"

博克多·比嘎日玛·扎迪汗讲的是什么故事呢？第九级台阶上复活的木头卫士接下来就讲给了阿日吉·布日吉汗听。

博克多·比嘎日玛·扎迪汗给娜仁·达格娜讲的第一个故事
——第九个木头卫士讲的故事

一个富人雇了四个牧人给他放牧畜群。有一天,其中一个牧人利用空闲时间刻了一个木头人儿。他把刻好的木头人放在那儿,就到别处去了。他的同伴儿——第二个牧人——看见了木头人儿,就把她漂漂亮亮地打扮起来。他用各种颜色的布料给木头人做了华丽的衣裙,还给她描上黑眼珠儿,涂上红脸蛋儿。第三个牧人看见这个衣着漂亮的俊俏木头人儿,高兴得赞叹起来。他大声说道:"啊,这要是个活的该多好呀!"

说来也怪,那木头姑娘居然活了。第四个牧人走来,看到这个漂亮的姑娘,便教她学会了说话。

四个牧人聚到一起时,竟然为这个姑娘发生了一场争吵:她太漂亮了,四个人都想娶她为妻。这场争吵,一直持续到现在还没有结束。

博克多·比嘎日玛·扎迪汗讲完这个故事,问公主道:"您怎么看待这件事呢?这个姑娘该归谁才对呢?"

公主还是沉默不语,那把扶手椅又急急忙忙回答说:"当然该归第一个牧人,是他把姑娘刻出来的,不然,还不会有她呢。"

对这个错误判断,公主忍耐不住了,便大声说道:"这个回答是多么愚蠢啊。须知,第一个牧人刻出了姑娘,可以说是她的父亲;第二个牧人给她穿上了衣服,可以说是她的母亲;第三个牧人让姑娘她活了,可以说是她的喇嘛教父,第四个牧人教姑娘说了人话,他才是她的丈夫。"

"你说得完全正确。"博克多·比嘎日玛·扎迪汗和扶手椅同声证实道。

"铃铛，现在该轮到你讲故事啦！"博克多·比嘎日玛·扎迪汗说。

铃铛却回答道："我不能讲，因为我从来就没有闲着。娜仁·达格娜在不断地向神祷告诵经，一直在用着我啊。"

公主非常惊讶，仔细地打量着铃铛。

铃铛接着说："因此，尊贵的客人，最好您再讲点什么吧。"

博克多·比嘎日玛·扎迪汗下面讲的故事，由第十级台阶上复活的木头卫士讲给阿日吉·布日吉汗听。

博克多·比嘎日玛·扎迪汗给娜仁·达格娜讲的第二个故事
——第十个木头卫士讲的故事

从前，某个汗国里有一个年轻人。他带着妻子去旅行。有一天，他们从山脚下那片茂密的森林经过，不知从哪里传来一阵歌声。他们有生以来从未听到过这么柔和美妙的歌声。歌声清新而又充满青春活力，年轻人的妻子断定，唱歌的肯定是一个年轻漂亮的小伙子。

奇妙而又充满激情的歌声，牵动了年轻人妻子的心灵，她产生了一种非要见到这个唱歌人不可的愿望。换句话说，她已经悄悄地爱上了这个唱歌的人。可是她已是一个有丈夫的人了。眼下，她的丈夫成了她实现愿望的绊脚石。她的丈夫原本既年轻又英俊，而现在，在她看来，竟然丑陋不堪，令她难以忍受。她决心甩掉丈夫。于是，她对丈夫说：

"我太渴了，你去给我弄点儿水来吧。"

她的丈夫看见不远的地方有口挺深的水井，就马上跑过去，弯腰取水。就在这时，他的妻子跑过来，抓住他的双腿，把他头朝下塞进了水井。然后，她便寻着歌声跑去。她找到了那个唱歌的人，却发现原来是个被某种可怕疾病折磨得面部异常丑陋的人，双腿长满脓疮，连路都走不成。

这个愚蠢的女人为自己造下的罪孽悔恨不已。她便发誓永远不再抛弃这个不幸的病人，好好服侍他，以此惩罚自己的罪过。她背着病人，行乞讨饭，一直到他们俩在树林里饥渴而死。

讲完这个故事，博克多·比嘎日玛·扎迪汗问大家道："你们认为，这个迷恋于空幻歌声而杀死自己丈夫的女人，到底如何？"

"我的意见是，她是对的。"铃铛说道，"她有一种追求美好、追求理想的强烈愿望。假如那个病人的歌声像能我的铃声一样清脆响亮，那么这个女人的行为我是完全可以理解的。"

"啊，你这个毫无用途的铃铛！"娜仁·达格娜怒气冲冲地高声叫道，"你生平第一次开口，就说出了这种愚蠢而不讲道德的话。你居然说，迷恋于空幻歌声而杀死自己丈夫的女人是个好人！"

"哎哟！美丽的娜仁·达格娜。"博克多·比嘎日玛·扎迪汗说道，"你已经说了两次话了，你许下的愿心已经被你自己破坏了两次了。因此，现在你应该结束你的隐居生活，接受我的建议，跟我一块儿回到宫里去住吧。我博克多·比嘎日玛·扎迪汗要娶你做妻子。"

说完，博克多·比嘎日玛·扎迪汗便拉住娜仁·达格娜的手，从山洞里走出来。然后，他又把那五百个青年从峭壁里放了出来。

博克多·比嘎日玛·扎迪汗带上美丽的娜仁·达格娜回到汗宫，他们结了婚，婚后的日子过得十分美满幸福。

　　第十个木头卫士讲完故事，说道："阿日吉·布日吉汗，假如你能像博克多·比嘎日玛·扎迪汗那样智慧过人，那你就可以登上宝座；否则，我不放你过去！"

　　阿日吉·布日吉汗使劲儿推开卫士，登上第十一级台阶。第十一级台阶复活的木头卫士又把他拦住，并且给他讲了下面的故事。

第七章　摩诃萨摩迪汗

摩诃萨摩迪汗与魔鬼王后
—— 第十一个木头卫士讲的故事

很久很久以前，这把奇异的宝座归摩诃萨摩迪汗所有。摩诃萨摩迪汗有一位非常贤惠的妻子和两个孩子，大的是个女儿，叫乌肯·腾格里；小的是个儿子，叫奥特根·霍日穆斯图。摩诃萨摩迪汗拥有数不清的财富。他的臣民生活得安定而幸福。巴隆·车臣那颜和宗·莫日根那颜是大臣里出类拔萃的两个人。巴隆·车臣那颜机敏聪睿，是个谋臣；宗·莫日根那颜勇武过人，是个神箭手。

但是，好景不长。不久，厄运就降临到摩诃萨摩迪汗的头上。

有一天，摩诃萨摩迪汗来到妻子面前，看见妻子忧心忡忡，满面泪痕。

"你为什么发愁呢？"他问妻子。

妻子回答说，她被一种莫名其妙的沉重预感折磨着，她为孩子们一旦成为孤儿以后的命运担忧。

"好了，你看，"摩诃萨摩迪汗说，"我们俩总不会同时死去，总会有一个人能活到孩子们长大之后用不着我们抚养教育的那个时候吧。"

摩诃萨摩迪汗的妻子为了不让丈夫和她一起苦恼，佯装出一副自己已经得到了宽慰的样子。但是，不久，她的预感便变成了现实，她得了一种医生们也说不清楚的疾病，身体衰弱不堪，任何药物都不起作用。最终，摩诃萨摩迪汗的妻子去世了。汗万分悲痛。

摩诃萨摩迪汗绝望至极，竟至连他周围的人们都为他的生命担忧了。有一天，那个机敏聪睿的大臣巴隆·车臣那颜为了让汗的悲情稍稍得到一些缓解，建议汗带上神箭手，到汗的那座禁猎的处女林中去打猎。摩诃萨摩迪汗答应了。宗·莫日根那颜从他统领的队伍里挑选出箭法最好的神箭手，随他一起来到森林里。

进入森林之后，专心打猎的武士们冲向前去，摩诃萨摩迪汗渐渐落在后面。突然间，他在森林里看见一个素不相识的姑娘。这个姑娘，勇武的宗·莫日根那颜也遇见过，但是他从她身边儿路过的时候，压根儿就没留意到她。摩诃萨摩迪汗来到这个姑娘附近，发现她全身罩着一团奇异的光，这光还射到了他的身上。这时，巴隆·车臣那颜也策马赶来了，汗指着那个姑娘，对他说道："你瞧，这是个多么奇妙的美人儿啊！"

巴隆·车臣那颜却没看出姑娘身上有什么惹人爱怜的地方，倒是看到了她投来的目光既凶狠而又充满敌意。

汗依然接着前面的话说道："这一定是上天把她赐给我的。"

摩诃萨摩迪汗在姑娘的眼睛里看到的全是温柔和善良。汗马上就爱上了她，决定娶她为妻。

巴隆·车臣那颜摇了摇头，把他对这个不相识的姑娘的印象告诉了汗。

"哦！"汗反驳道，"她不可能用瞧我的那种亲切目光来瞧所有的人。她还把她身上的光照到了我身上呢。"

巴隆·车臣那颜看到劝说没有用，就不再辩驳了。

摩诃萨摩迪汗亲热地招呼姑娘过来，问她是什么人，从哪儿来，怎么会到了森林里。

姑娘回答道："我刚刚懂事的时候，就经常在森林里转悠。我的身世如何，我自己也不记得了。我只知道，野兽不会给我带来什么伤害。它们吓唬不住我，相反，倒很愿意为我效劳，指给我什么地方有吃的，什么地方有浆果，什么地方有草根，什么地方有谷子。我就靠这些东西活命。我靠听觉，靠那些在空中、在落叶的沙沙响动中、在溪水的淙淙流淌中传来的声音，学会了人类的语言。狂风的喧响使我喜悦，我能在狂风中安然入睡。不过，我总盼着能见到跟我一样的人，因为我发现，我周围的一切生物都是成双成对地生活着的。我知道，我迟早会遇见跟我一样的人。我常在梦中见到一个人，这个人跟你长得再像不过啦。今天，我终于碰上你了。啊，打扰了我宁静梦乡的人啊，你到底是谁啊？"

深受感动的摩诃萨摩迪汗回答道："我是你站在这儿的以及你所能看见的周围这片土地的统治者。我是现在就站在你身边的这些人的君王。我是摩诃萨摩迪汗。不久以前，我失去了爱妻，想必上天怜悯我的苦痛，把你赐给我。我要娶你为妻。"

"我不会抗拒命运安排。"姑娘回答道。

满心欢喜的摩诃萨摩迪汗带着姑娘回到宫中，很快便同她结了婚。

第十一个木头卫士讲到这儿，由第十二级台阶上复活的木头卫士接着讲了下去。

摩诃萨摩迪汗的一双儿女出走

——第十二个木头卫士讲的故事

摩诃萨摩迪汗倒也没打算让他的年轻妻子立刻去当他两个孩子的后母。他事先让这两个孩子住到巴隆·车臣那颜家里，把对女儿和儿子的抚养教育委托给他信赖的人——机敏聪睿而又富有经验的大臣巴隆·车臣那颜。摩诃萨摩迪汗之所以没把自己有两个孩子这件事告诉年轻妻子，一是想考验一下年轻妻子对他是否依恋，二是想看一看她心地是否善良。而后，他再决定是否让她同自己的孩子相见。

不料，摩诃萨摩迪汗日渐迷恋年轻妻子，竟然不再思念自己的孩子了。汗认为妻子是世界上最完美的女人，对她唯命是从。巴隆·车臣那颜看到汗对妻子如此盲目眷恋，很是忧愁。他觉得糟糕事即将来临，尤其对这两个孩子来说。不幸的是，这位聪明的大臣担心的事很快就发生了。

有一天，摩诃萨摩迪汗和年轻妻子来到巴隆·车臣那颜家的院子里，看见两个孩子正在玩耍。一见这两个孩子，汗的年轻妻子惊恐万状，竟至全身抽搐起来。

"这是谁的孩子？"她问丈夫。

"我的。怎么啦？"汗回答道。

"啊呀，你怎么你不早告诉我，要不我早就让你把他们除掉了。"

"为什么要这样啊？"汗大吃一惊，问道。

"因为他们是凶恶的魔鬼。"她全身抽搐得更厉害了。

在此之前，汗已经不止一次地为妻子的洞察力所震惊，认为她了解自然界的一切秘密，这次，他对她仍然深信不疑。汗惊慌地问道："那该怎么办呢？你说，怎么办才能使你不难受。这一点，只有你自己清楚呀。"

"我不能说。"这个女人装模作样地说道，"毕竟他们是你的孩子呀。"

"得啦，得啦。"汗说，"为了你不难受，我怎么做都可以。"

"啊，只有吃了这两个魔鬼的心肝，我才能不难受。"

汗为了挽救年轻妻子的性命，便下令让仆从杀掉自己的两个孩子，把他们的心肝掏出来让妻子吃掉。

两个仆从各拉着一个孩子，来到一座湖边上，想先取出他们的心肝，再把他们扔进湖里。他们刚走到湖边，一条大鱼突然从湖水里钻出来，用人的声音说道："不许动这两个孩子，不然的话，我就吞了你们。你们可以去给你们汗的女妖宰两条狗，把狗的心肝掏出来送给她。对她来说，狗肉也挺好。"

侍从被吓坏了。他们照大鱼的吩咐放掉孩子们，弄了两个狗的心肝给汗的妻子吃掉了。汗的妻子以为吃的是孩子的心肝，浑身抽搐的病也就好了。其实，这个女人倒真是一个魔鬼。她变成一个姑娘，把汗给迷惑住。她又假装得了浑身抽搐的病，为的是诱骗汗把孩子除掉。

后来，巴隆·车臣那颜打听到孩子并没有被杀掉，就偷偷地把他们领回家，更加小心谨慎地把他们保护起来。不久，魔鬼得知孩子还活着，就又病了，而且抽搐得比以前更厉害了。摩诃萨摩迪汗知道妻子再

次生病的原因，知道自己下达的杀死孩子的命令并未得到执行，便对巴隆·车臣那颜大发雷霆，再次下令让仆从把孩子们杀死，把他们的心肝掏出来给妻子吃掉，并且将孩子们的尸体在树林子里烧掉。

这一次，是四个仆从把两个孩子带到森林里，想在这里杀死孩子。但是，一条大蟒阻止了他们对孩子们下毒手。大蟒威胁仆从们说，如果他们敢杀掉孩子们，它就会把他们四个人一个一个缠死。不得已，四个仆从又给汗的妻子杀了两条狗。不过，这一回，他们把孩子留在森林里，让他们听天由命去了。

汗的妻子吃掉狗的心肝以后，病又好了。而摩诃萨摩迪汗却变得瘦弱不堪，面无血色。又过了几年，摩诃萨摩迪汗瘦弱得都让人认不出来了。只是他的肚子却越来越大，以至于给人这样一个印象：他的身体上的其他部位，都被他的这个庞大的肚子掩盖住了。无论什么样的医生和药物，都治不好他的病。

我们再接着说摩诃萨摩迪汗的两个孩子。他们被扔到森林里以后，受尽了饥渴的煎熬。姐弟俩在树林里分头去寻找吃的东西和喝的水，又都迷了路，两个人便失散了。最后，弟弟好不容易走出了森林，却已经到了另外一个汗国。又走了没多久，他看见一座破旧简陋的小屋，就朝那儿走去。这小屋里住着一个穷老头儿，他孤苦伶仃，什么亲人也没有。

弟弟告诉老头儿，说他迷了路，也说不清他是从哪个汗国来的。不过，他没有跟老头儿说他是汗的儿子，他担心这样做会给老头儿惹来麻烦。老头儿很高兴，收留了他，像养亲生儿子一样地养活他，指望他成为自己老年时生活的依靠。

第十二个木头卫士讲到这儿，第十三级台阶上复活的木头卫士接着讲了下去。

摩诃萨摩迪汗之子霍日穆斯图的经历
——第十三个木头卫士讲的故事

过了一段时间，弟弟奥特根·霍日穆斯图来的这个汗国的汗死了，汗没有继承人。人们得推选出一位新汗。按照惯例，这位新汗应该是一岁至十四岁的孩子。在推选新汗的那一天，全体臣民都应当在约定的时间带上自己的孩子，到都城来集合。

在已经去世的汗的宫中，养着一头白象。白象已经很老很老了。这头老白象有一个奇异的本领：可以预测危险的来临，指出避灾免祸的办法。因为它有这样一种奇特的能力，所以在宫中专门为汗占卜。汗和他的臣民在生活中遇到什么重要问题，总是找白象来占卜。白象受到的尊崇，几乎像神一样。

这次推选新汗的事情，人们也委托给了白象，请它作出预测。

推选新汗的日子到了，人们也全都汇集起来了。老人们都要来参加，因为推选议程要由他们确定，新汗的监护人要从他们之中挑选。收养奥特根·霍日穆斯图的穷老头儿也来到了选举地点。但是，由于穷老头儿还没来得及按照法律规定把奥特根·霍日穆斯图收为养子，奥特根·霍日穆斯图的名字便没有出现在由专门小组审查认定的身体和品格都合格的孩子名单中，所以，奥特根·霍日穆斯图不能参加推选会。老头儿只好把他放在汗宫花园附近的一棵老橡树的树洞里，给他留下了足够的食物。

推选会场上，老白象长鼻子上挂着金铃铛，安详地从站成几排的孩子面前走过。它经过孩子们的队列时，没有理会其中的任何一个，而是径直朝藏着奥特根·霍日穆斯图的那棵橡树走去。老白象一边绕着橡树走，一边摇动着金铃铛，然后，把金铃铛挂到老橡树的树枝上。谁也不理解老白象这莫名其妙的举动，就又重复试验了第二次、第三次。每次老白象都会走到橡树那儿去。最后一次，它竟然不愿意再离开橡树，安安稳稳地在树底下卧倒了。

人们断定，这白象可能太老了，已经失掉了占卜的本领。一些人建议砍掉橡树，另一些人则建议刨坑挖树，把它移栽到宫里去，好让白象与橡树一块儿共享天年。就在这时，那个收养奥特根·霍日穆斯图的穷老头儿走到橡树前，把树洞里的情况告诉了大家。人们一听，便把奥特根·霍日穆斯图从树洞里拉出来，见他又英俊又机灵，就一致同意推选他做新汗。直到奥特根·霍日穆斯图被人们穿上了汗的服饰，他才告诉那些人，他是摩诃萨摩迪汗之子奥特根·霍日穆斯图，并讲述了自己的经历，以及那个迷惑了他父亲的魔鬼的情况。尔后，他住进王宫，过起了持斋祈神生活。他对神的虔诚，感动了上天，神便赐他以洞察一切、未卜先知的本领。有了这种奇异的本领，他知道自己的姐姐乌肯·腾格里此刻正生活在离他有三十天路程的地方。

于是，奥特根·霍日穆斯图汗便动身去寻找姐姐。他在一片森林里找到了姐姐。姐姐乌肯·腾格里孤独地居住在森林里，已经习惯了艰难困苦的生活。她衣不遮体，食不果腹，吃的是森林里可以找到的草根、野果之类的东西。

奥特根·霍日穆斯图汗把姐姐带回王宫，让她穿上华丽的长袍，还单独给她修建了一座宫殿，让她在那里一心一意地念经祈祷，修身养性。

安顿好这些事之后，奥特根·霍日穆斯图汗换上百姓的衣服，独自回了自己父亲的汗国。来到父亲的汗宫中，呈现在他眼前的是一片悲凉的景象：他的父亲身体衰弱不堪，精神一蹶不振，肚子变成庞然大物，活像一只吃得肥肥胖胖的大虱子。当时魔鬼恰好不在宫里，霍日穆斯图自称是一位医生，想尽办法混进了王宫。摩诃萨摩迪汗最终认出来人是他的儿子，以为儿子是来找他算账的，吓得浑身抖动。儿子设法让他安静了下来。

就在这时，魔鬼回来了。她走进隔壁的房间，命令仆人给她递来一根大铁管子，她把管子伸进墙上的窟窿里。原来，她一直在用这根铁管子吸食摩诃萨摩迪汗的血。现在她又要吸血了。奥特根·霍日穆斯图汗猜透了她的诡计，便挥起手中的剑，一剑砍断铁管子。然后，他扑向隔壁的魔鬼，砍掉了她的脑袋。他的父亲千恩万谢，感谢儿子把他从魔鬼手中解救出来，他把自己的汗国交给儿子治理。奥特根·霍日穆斯图汗把父亲的汗国并入自己的汗国。人们兴高采烈地向天神献上供品，然后搬到奥特根·霍日穆斯图的汗国，定居下来。

奥特根·霍日穆斯图汗给大臣巴隆·车臣那颜和宗·莫日根那颜晋升了官阶，并给了他们丰厚的赏赐。奥特根·霍日穆斯图汗把所有的国家大事都委托巴隆·车臣那颜处理，他本人则跟姐姐一块儿诵经祈祷，竭力追求涅槃，以便灵魂顿悟。

第十三个木头卫士讲完故事，把阿日吉·布日吉汗推开了。阿日吉·布日吉汗失掉了登上宝座的希望，便领来自己的妻子，希望她能比自己有福气，但她也被守护第十四级台阶的木头卫士拦住了。卫士对她说道："请你站住，妇人，我给你讲几个古时候机灵又聪明的妇人的故事。"

第八章　老八哥儿

八哥鸟的经历

——第十四个木头卫士讲的故事

有一位汗，他的妻子有一天病倒了。众多医生给她治了好多天病，都不见效。最后，有一个巫医建议给病人吃鸟儿脑子。于是汗便把汗国里一个最优秀的猎手喊来，命令他给自己的妻子弄一些鸟儿脑子来。这个优秀的猎手发现，大森林里一棵大树的树洞中住着一窝八哥儿。猎手走到大树下观察这棵大树的时候，八哥儿们也发现了他。一只最老最聪明的八哥儿告诉伙伴们，看来就要大祸临头了。为了躲灾避难，八哥儿们赶快迁到别处，住进一座峭壁的缝隙里。但是，猎手又追到这儿，找到了它们。猎手在八哥儿们居住的缝隙外头布下许多套索，准备捕捉它们。那只老八哥儿又发觉了这一危险，向鸟儿们发出警告；但是，鸟儿们都不想再搬家了。

于是，老八哥儿对它们说道："好吧，不搬就不搬吧。不过，我还是要给你们出个主意：如果你们被套索套住了，千万可别把套索的活扣拉紧，最好就像刚被套住时那样躺下装死。"

猎手找了个适宜下套的地方，非常巧妙地下好了套索，总共七十一只八哥儿被套住了。第二天早晨，猎手来了，看见所有的八哥儿都被套住了，心里特别高兴。

那些八哥儿都照老八哥儿教它们的办法，没敢把套索上的活结拉紧，一个个躺在地上装死。

在这之前，老八哥儿还给它们出过一个主意："在猎手把你们从套索上取下来，数过数，扔到一边儿去的时候，你们都躺着别动，等他一数完'七十一'，你们就全都翻过身来一齐飞走。"

猎手开始把套住的八哥儿从套索上解下，一边把它们顺着斜坡儿扔下去，一边儿数数儿："六十八，六十九，七十"。猎手还没来得及数到"七十一"，那群八哥儿就都一跃而起，飞走了。而第七十一只，也就是最后一只，还留在猎手的手里。

剩下的这只，正是最老最机灵的那只八哥儿。它救了自己的同伴儿，自己却落入险境。

"请你听好了，猎手。"老八哥儿突然用人话对猎手说道，"请你不要把我杀掉，你从我身上也弄不到多少脑子。汗答应过你，你弄到一个鸟脑子才给你一个钱，可你用我一只鸟就可以得到一百个钱。你可以把我卖给一个富人，告诉他，我会说话，他不在家时，我还可以替他看家护院，把守钱财。你再去找一条老母牛杀掉，然后把母牛的脑子照鸟儿脑子的大小切成小块，给汗的妻子送去充数。"

猎手照老八哥儿说的办了，他把老八哥儿卖给了一个富人。富人买下了老八哥儿，想先试试它的本领，当天夜里他让仆人假装小偷儿来偷东西，仆人刚刚动手，老八哥儿便高声叫起来："这儿有小偷儿！"

主人看到老八哥儿确实聪明机警，便决定让它监视自己的妻子。主人的妻子在丈夫不在家的时候，总爱出去闲逛荡。有一次，主人需要离开家一会儿，走之前，他走进放置老八哥儿的房间，对老八哥儿说道："你注意，想办法让我妻子开心点儿，笼络住她，别让她在我不在家的时候出去瞎跑。"

说完，主人便走了。主人一走，他的妻子心急火燎地换好衣裳，涂脂抹粉地打扮一番，便要出门去。就在这时，老八哥儿突然对她说道："请你站住，我要给你讲个故事。"

"好吧，你讲吧，不过得快点儿，别耽搁我的时间。我还得出门去呢。"

第十四个木头卫士讲到这儿，第十五级台阶上的复活的木头卫士接着讲下去。

老八哥儿讲的故事
——第十五个木头卫士讲的故事

从前，有一个地方，有一位汗。他有一个非常漂亮的女儿，名叫娜仁·格日乐。她住在单独的一座宫院里，守护宫殿的一百名仆人都是清一色的女子。娜仁·格日乐除了自己的父亲，从未见过任何一个男人。

不过，一个比这位公主身子自由得多的女仆，把一些男女之间的隐秘之事讲给了公主。于是，公主就很想见见男人。仆人们决定安排她同一个英俊的小伙子相见。这个小伙子虽然已经有了妻室，可还是很讨女人的喜欢。仆人们是这样安排的：她们让公主娜仁·格日乐参加王宫打猎，打猎时必须路过萨仁·图希默勒——人们这样称呼那个小伙子——住的房子；见到小伙子，公主要向这位年轻人打三个手势，意思是说：第一，我被守护仆人包围着；第二，我想约你相见；第三，我希望单独和你在一起。公主都照着仆人们的吩咐做了，但是萨仁·图希默勒却不懂她手势的含义，就问他的妻子这些手势是什么意思。他的妻子既聪明又机警，就把娜仁·格日乐的手势所表达的意思告诉了丈夫。妻子说："你既不能惹她生气，也不能不去跟她见面。看来，你很可能要倒霉了。所以，你出门时要把这个宝贝护符带上。倘若你出了什么事儿，就把护符捎给我，我去救你。"

萨仁·图希默勒来到娜仁·格日乐的宫中，待了整整一个晚上。早晨来临了，他们还在睡着。这时，每天早晨都巡视全城的一个官吏发现了他们，就向汗报告说他的女儿跟一个男人在一块儿睡觉呢。

小伙子和公主被抓起来，投进了监狱。

审讯的时候，萨仁·图希默勒是这么说的："我一大早就起来散步，看见宫殿的门大开着，就走了进去。我不知道这是公主住的地方。当时，突然看见一位姑娘走来，同我聊了起来。我也不晓得她就是汗的女儿。就在这个时候，人们来了，他们就莫名其妙地把我们抓了起来。"

他的话讲得很真诚，法官们相信了他。

他们把公主叫来，她也是这么说的："我从房间里出来，看见一个男子。我从来没有见过男人，所以，我就走到他跟前，问他是谁，为什么来这儿。我并不知道我不能跟他讲话，我也不知道卫兵为什么抓我，又为什么把我关进牢房。"

汗相信了她的话。不过，为了最后证实她是无辜的，便决定让她发一个毒誓。在这个汗国里，人们都很看重发誓，没一个人敢发假誓——

61

发了假誓，誓言中所讲的一切灾难就必定会落到发誓者头上。

萨仁·图希默勒被审讯的整个过程要延续好几天，所以他来得及把自己遭遇的不幸告知妻子，让她来搭救自己。妻子知道了丈夫的情况，换上丧服，提上篮子，篮子底下放上给丈夫穿的破衣烂衫和几个紫红色的浆果，上面放着吃的东西，动身去往监狱。到了监狱，狱卒拦住她。她对狱卒说："我要到各个监狱里给犯人们散发吃的，为我前不久去世的父亲祈祷安息。"

狱卒把她放进监狱。进了监狱，她把篮子交给丈夫，让他在必要的时候换上破衣烂衫，再把那些紫红色浆果皮儿剥下来贴到脸上，就像脸上布满脓疮和伤口的样子。然后，她又把解救丈夫的计划也告诉了公主。

法官们又一次审讯了萨仁·图希默勒，认为他是无罪的，就把他释放了。

萨仁·图希默勒来到市场，换上妻子带给他的破衣烂衫，又把浆果皮儿贴到脸上，他的脸上看上去像长满了脓疮。这样，萨仁·图希默勒变成了一个令人恶心的丑陋不堪的穷光蛋。他装作这副模样儿，返回监狱门口，去观看汗的女儿怎样发誓。

所有祈祷仪式结束之后，娜仁·格日乐发出了如下誓言："如果我犯下受人指责的罪过，那就让我承受如此可怕的命运，嫁给一个丑陋不堪、令人恶心的穷光蛋，就是那个现在正站在门旁的满脸都是脓疮的人。"

当然，汗的女儿知道，这个穷光蛋正是她的意中人化装的，因此，她发这个誓并不担心招来灾祸，甚至还求之不得呢。公主发完誓，汗也就不再怀疑她的清白无辜了，于是，他转而下令惩办那个诋毁女儿的告密者。

老八哥儿的故事讲完了，它主人的妻子竟没发现时光是如此匆匆过去。现在，她已经来不及去她需要去的地方了，因为丈夫马上就要回来了。

第十五个木头卫士讲完故事，就问阿日吉·布日吉汗的妻子："如果你是这位妇人，你该怎么办？"

"我也会那样做。"她回答道。

"瞧，你连别的办法也想不出来，可见你很不聪明。不行，你不具备像萨仁·图希默勒的妻子那样的聪颖和机智，你不能占有这尊宝座。"

木头卫士把她推开了。

过了一会儿，布日吉汗的妻子试图登上宝座，被第十六级台阶上复活的木头卫士拦住了，让她听听老八哥儿的故事。

老八哥儿和它的主人
——第十六个木头卫士讲的故事

老八哥儿给它的主人带来了幸福，主人发了财，买了土地，自己当起富汗来了。

富汗有一个儿子，是个半大小子。因为富汗就这么一根独苗儿，所以把儿子宠得淘气到了极点。

他的邻居也是一个汗，可是穷得叮当响。这个穷汗只有一座宫院和一座寺庙。这个寺庙前的钟上系着一根绳子，一直拖到地上。寺庙有个门，门里有座梯子，顺着这座梯子可以一直爬到寺庙的顶上去。富汗的儿子跑到穷汗的这座寺庙前，一见庙门锁着，就顺着系在钟上的绳子爬到了寺庙顶上。在那儿，富汗的儿子随心所欲地胡闹，捣乱。

穷汗为他的神圣之地遭到如此践踏而感到十分痛心。可是，他又不敢把这件事告诉孩子的父亲，担心富人会排挤他。

老八哥儿也对自己的主人甚为不满，主人给它的待遇，比起它应得的待遇差得太远。老八哥儿打算在适当的时候对富汗进行一番报复。

有一天，穷汗为了一件事来找富汗。为了等待富汗准许他进去，穷汗不得不在富汗的会客房里逗留很长时间。老八哥儿正好放置在这间会客房里，它很同情这个被富汗怠慢的穷汗。

"你听我说。"它对穷汗说道，"你怎么能让我主人的儿子在你的寺庙里随便胡闹，在那儿肆意捣乱呢？"

"你说我有什么办法呢？"穷汗回答道，"我必须忍耐。他的父亲有钱有势呀。"

"我替你出个主意吧。"老八哥儿打断他的话，说道，"你把系在钟上的绳子解下来，把庙门打开。等你看见那个捣蛋家伙爬到了寺庙顶上，你就把庙门锁上。他无路可走，就只能跳下来。不过他摔不死，只是失掉知觉，不再喘气而已。当然，那个时候人们就会到我这儿来讨主意，问我怎么治他。我先告诉你怎么办，到时候，你先把所有的闲人都支开，然后给他按摩，让他恢复知觉，他就会活过来。因为你救了他的儿子，你就可以从富汗那儿想要多少报偿就要多少报偿。为儿子，他是什么都不吝惜的。"

64

穷汗便照老八哥儿的主意办了。孩子摔坏了以后，富汗马上就跑到老八哥儿那儿讨主意。老八哥儿回答道："他得罪了谁，你就去求谁吧。"

富汗只好去求穷汗。穷汗医治好了富汗的儿子，得到了应有的报偿。但是，富汗的儿子依然恶习不改，身体好了之后，又开始像从前那样胡闹。

于是，老八哥儿又教穷汗再像上次那样教训教训富汗的儿子。不过，这一回要他治好富汗儿子的摔伤得提一个条件。这个条件就是富汗必须献出他所有的财富，从自己的宫里搬出去，什么东西也不许带走。结果确实如此。富汗尽管很不愿意失去财富，但对他来说，儿子更为重要。于是，穷汗迁进了富汗的宫里，富汗搬到了穷汗的宫里，也就是说，他们俩整个调换了一个位置。搬家时，富汗除了自己的家人，还把老八哥儿也带走了。老八哥儿还是一如既往，经常飞到现在已经变富的穷汗那儿去。已经变穷的富汗发现了这个情况，就说道："这只鸟儿经常飞到那个可恶的家伙那儿去，其中必有缘故。看来，那个恶棍的所作所为，可能是听了我的鸟儿的主意才干的。"

于是，富汗怒气冲冲地拔光了老八哥儿身上的羽毛，把它扔到街上去喂狗。被拔光了羽毛的老八哥儿不能再飞了，就挣扎着爬到一个老鼠洞口，钻了进去。

老鼠洞里正好有一只老鼠。这只老鼠惊讶地看着滚进来的这块活生生的粉红色的肉球，正琢磨着可不可以把它吃掉。琢磨来琢磨去，最终它们却成了朋友，老八哥儿就在这个老鼠洞里住下了。老鼠弄来一些吃的东西，自己吃，也喂老八哥儿吃。有一天，老八哥儿对老鼠说道：

"我们不能就这样过日子了。吃的东西总也不够我们俩吃的，我们经常挨饿。是该想个办法啦。你想不想过上那种坐享其成、再不用为吃喝操心的日子？"

"当然想啦。"老鼠回答说。

"要想过上那种日子，你就得辛苦辛苦了。"老八哥儿说，"你需要溜进我原来主人的家里去，打个洞钻进摆放香案的屋子。屋子的香案上摆放着主人供奉的所有佛像。佛像前面经常陈列着各种食物和点燃着灯烛。只有一尊佛像前面什么也没有。你就在这尊佛像下面的香案上打个洞，再从这个洞钻进佛像肚里。佛像肚里面有哈达、柴草，还有一些没用的破烂玩意儿。你就用这些破烂废物在佛像脑袋里给你和我筑个窝，我们俩搬到里面住。住进去以后，你就会看到以后将要发生的事情了。"

老鼠全都按老八哥儿的吩咐办了，在佛像脑袋里筑了个窝。

这尊佛像是一尊武士神像。在这座佛像面前，富汗既不点燃灯烛，也不供奉祭品，它没有受到其他佛像享有的尊重。这尊佛像头上装有一条伸出来的舌头，若有人从里面按一按，舌头就会动弹起来。

老八哥儿和老鼠搬到了佛像的脑袋里面住下之后，有一天富汗前来祈祷，差点儿被吓死，那尊佛像第一次说了人话，而且舌头还动弹着："为什么你在别的佛像面前摆上各种吃食，还点上灯烛，在我面前却什么也不放？是不是你不把我当成神，不尊敬我呢？你小心点儿吧，我要报复你。"

富汗一听，马上弄来一堆祭品、鲜果和灯烛，全都摆在能说话的神像面前，并虔诚地向这尊佛像祷告。

第二天，富汗发现前一天供上的祭品少了一半儿。这就更证实，佛像在显灵。富汗便每天都重新供上祭品。就这样，一年过去了。

老鼠和老八哥儿自由自在地享用着祭品。老八哥儿的羽毛又长了出来。于是，有一天，老八哥儿一边在佛像脑袋里按动舌头，一边对富汗说道："把你所有的大臣都召集到这儿来，让他们向我鞠躬致意，然后我将颁布我的旨意。"

富汗听从佛像的指示，把大臣都召集到祭祀佛像的屋子里。等大臣都到了，向佛像弯腰致意时，藏在佛像脑袋里的老八哥儿说道："在我颁布我的旨意之前，你们必须脱掉全身的衣服，剃光脑袋。"

富汗和大臣们都敬畏佛像，迫不得已只好执行了佛像这道怪诞的命令。

等他们都脱了衣服，剃光了头发，佛像便嘲弄般地笑了起来，对大臣们说："你们的汗是个坏蛋。他曾经有过一只忠诚的老八哥儿为他效劳，他却吩咐仆人拔光了鸟儿的羽毛，把它扔到大街上。就凭这一点，我要惩罚他，让他丢丑，自己脱掉衣服，在臣民面前蒙受屈辱。"

老八哥儿说完，就跟老鼠一块儿悄悄从佛像脑袋里溜到地上，再经老鼠洞离开了富汗家。它们撇下惊骇不已的大臣和蒙受侮辱的富汗，永远离开了这个住了一年多的窝。

从此，这尊佛像就再也不说话了，汗摆到佛像面前的祭品也一动不动地保留了下来。原来，老八哥儿不是一只普普通通的鸟儿，很久以前它是属于博克多·比嘎日玛·扎迪汗的。现在，它又飞回博克多·比嘎日玛·扎迪汗身边，永远留在那里了。

木头卫士讲完这只奇异的老八哥儿的经历，便对阿日吉·布日吉汗的妻子说道："你有这样的鸟儿吗？你有能力吩咐它做事吗？如果没有，那我就不能放你登上这尊宝座。"

说完，木头卫士便把阿日吉·布日吉汗的妻子推开了。

以上这些，就是三十二个木头人的故事流传至今的全部内容。

魔

尸

第一章　阿木古郎和七个术士

从前，东方有一条大河，大河流经一个汗国，汗国有两位太子，是亲兄弟。听说本国有七个术士，大太子就想去学点法术，于是他带了一个月的干粮，动身去找术士。找到术士以后，大太子求他们传授种种法术，术士们虽然答应了，可并不教他法术，只教一点儿小魔术，就这样过了大约一个月的光景。后来，他的弟弟阿木古郎·雅布达勒图想去看望他，再给他带去一个月的干粮。阿木古郎赶着大车来到术士住地附近，把车停下，藏到树丛里，自己偷偷溜到术士那儿去，想看看他们在干什么。七个术士住在一个迷宫般的大殿里。二太子一连偷看了几天，都没有被他们发现。

通过几天的观察，二太子发现，术士们原来是在骗他哥哥的干粮和财物呢。

"我们虽然答应太子从这个月起教他法术，可最好还是不要把法术的秘密告诉他，因为法术对我们来说是饭碗，对他来说只不过是一种游戏，弄不好还会抢去我们的饭碗呢。为了让他多送一些财物，我们要尽量拖长时间，教他一点儿无关紧要的小魔法。我们也好趁这个机会练习练习我们的手段，免得忘记。"

于是术士们念起咒语，变成各种动物，再变成人，同时玩种种魔法。二太子偷听到了他们的咒语，偷看到了他们的法术。他记忆力很好，能记住所有的咒语，所以现在他也会变各种动物了。

他找到哥哥，告诉他术士们玩弄的骗局，两个人悄悄离开此地，回家去了。

半路上，弟弟告诉哥哥，说他学会了术士们的法术，还说他施起法术来不亚于那些术士们。

"我现在变成一匹骏马，你可以卖个高价。不过在转手时，可别忘了摘掉马嚼子。戴着马嚼子，我一下变不成人。要变成人，得变好多次动物才成。"

说完，阿木古郎就变成一匹骏马，让哥哥骑上，朝前赶路。

且说术士们一见太子不在，就算起卦来。他们懂法术，一掐算就知道，是二太子偷学了他们的本事，还变成一匹骏马。于是他们变成七个富商，赶到半路上等候兄弟俩到来。

一见大太子骑马走来，商人们就围上去夸起那匹马来，还说想买下那马。大太子回答说，卖马可以，不过得讨个大价钱。商人们十分有钱，并不讨价还价。大太子一见商人们没有在价钱上纠缠，喜出望外，就一手交钱，一手交货，仓促之间，竟忘了摘去马嚼子。分手之后，又走了一段路，商人们决定把马杀了吃掉。为了把血放掉，让肉变嫩一点儿，他们打算到前面小河旁让马饮水。

来到小河边，马一看到河里的鱼，立刻就变成了一条鲫鱼。这是因为二太子变成马以后，没有摘去嚼子，不能随意变幻，只能看到什么变什么。七个术士也立刻变成七条狗鱼，朝鲫鱼赶去。鲫鱼看到狗鱼赶来，赶紧游到岸边，看见一只麻雀，就变成麻雀飞走。七条狗鱼也跟着变成七只老鹰追去。

麻雀飞进山谷，看到一个出家的喇嘛，就对喇嘛求救说："高僧啊，请你让我变成你念珠中那颗顶上面的珠子吧。有七个术士变成老鹰在后面追赶我呢。我虽然也会法术，可是不能像他们那样随意变幻。他们肯定会向你乞讨念珠，你可以送给他们，不过顶上面的珠子，也就是我，你可要悄悄留在手里。"

　　喇嘛接受了他的请求，把念珠送给七只老鹰，把顶上面的珠子留在自己手里。老鹰飞出山谷，把念珠撒在地上，开始从中寻找二太子变成的那颗珠子。就在这当儿，二太子由珠子变成人，捡起一根木棍，走出山谷，悄悄来到老鹰跟前，一口气把七只老鹰全部打死了。七只老鹰化作七具死尸。恰巧这时喇嘛也从山谷中走出来，一见这种情景，就责备二太子不该杀人。

　　"我从老鹰的利爪下把你解救出来，你却就地杀人，不但玷污了这块地方，也给我造下了罪孽。"

　　二太子解释说，他杀的是老鹰，如果老鹰能变成人，那说明这些人原本就是一些作恶多端的术士。"不过，"他又说，"为了你良心上过得去，我打算赎罪。我要服侍你七年，让我们一起祈祷，一起劳作，弥补这无意中造下的罪孽。"

　　喇嘛为二太子提供了一个赎罪的机会。他说："这条河源自很远很远的地方。那里有一座高山，高山上有一棵高大的檀香树，大树里放着一具魔尸。那魔尸是一个神仙的尸体，现在还可以转生。我给你一把永不卷刃的斧子，一条可以把整个大地缠起来也用不完的绳子，一只永远用不坏的口袋和一块够吃一路的烙饼——不过你每次都不要把烙饼吃光，一定要留下一小块，这样才会永远吃不完。你找那棵高大的檀香树去吧。找到那棵大树，你敲敲树干，对神仙说：'喇嘛派我来，让我把你的尸体背回去，他要膜拜你。你不让背也不行，我要砍倒大树，硬把你的尸体弄去。'"

二太子按照喇嘛的吩咐，来到遥远的地方，找到那棵高大的檀香树。当他对神仙说了那番话之后，大树突然摇晃起枝叶，接着从枝叶下走出一个孩儿。这孩儿是神仙的魔尸转生成的。

二太子抱起孩儿，放进口袋，再用绳子把口袋捆结实，背起口袋就往回走。他在归途中一句话也没说。因为喇嘛吩咐过，背魔尸的时候不能说话，倘若说一句话，神仙就会从口袋中消失。就这样，他默默地走了好长时间。后来忽然听到有一个声音从口袋中传来："老是不说话，多烦闷呀。让我们说说话吧。你不必开口，就听我讲故事好了。如果你愿意听我讲故事，也不用说话，就点点头好了……"

阿木古郎·雅布达勒图点点头，于是神仙转生的孩儿就给他讲了下面的故事。

第二章　商人之子和他的妻子

从前，有一个汗国，这个汗国有一个村子里住着六个年轻人，他们相处得很好。这六个年轻人当中，第一个是赫赫有名的术士的儿子，第二个是手艺高强的木匠的儿子，第三个是医生的儿子，第四个是富商的儿子，第五个是画匠的儿子，第六个是铁匠的儿子。他们每个人都精通父辈的手艺。村子里待腻了，他们想出去周游世界，寻找幸福，显露显露自己，也见识见识外人。六个伙伴告别亲人，启程上路了。过了一些时日，他们花光了盘缠，决定进城给人打短工。

最初他们六个人想一起受雇干人，结果城里没有一家能雇得起。于是六个伙伴决定就此分手，各奔前程。临别时，他们来到密林深处一个人迹罕至的地方，每人栽了一苗树，并且约定三年后的这一天都来此地聚齐。他们说："三年后再来此地，我们根据树苗的生长情况就可以知道没有赴约的同伴的遭遇。如果有一苗树枯死了，说明栽这苗树的同伴离开了人世。如果这苗树还有活的征兆，就说明栽这苗树的人还活着，然而不是害了重病，就是遭到磨难。我们都应该去帮助他。"

六个伙伴约定之后，便分手了。

话说商人的儿子来到一条河边，顺流而下，看到一间茅屋，便走了进去。茅屋里住着老两口，他们先询问了商人儿子的来历，又向商人的儿子讲了自家的遭遇。

"我们家原先也是富户。"老头儿说，"可是由于我们有一个漂亮出众的女儿，惹得一帮坏人几次想把她抢去。不得已，我们只好离开城里，悄悄搬到这不毛之地安顿下来。这里生活虽苦，可日子还算安定。"

说着，老两口的女儿进来了，果然又年轻又美貌。她刚从河边提水回来，商人的儿子一见倾心，便向老两口求亲。

老两口允诺了。商人的儿子就和他们的女儿结了婚，做了上门女婿。但是，幸福总是不长久的。

一天，商人儿子和妻子一起到河里洗澡，正洗着，妻子不小心把一枚漂亮而珍贵的戒指掉进了水里。戒指很轻，没有沉到水底，而是顺水漂去了。夫妻俩急忙追赶，戒指却越漂越快。他们追了老远老远也没有追上，原本希望河里有什么拦阻能把戒指挂住，结果他们的希望落空了。

后来，有一个人捡到了这枚戒指，把它献给汗。那人以为，河里漂来的戒指是汗丢失的。汗却说，他没有丢过戒指，并说："据我所知，原先上游并无人居住。现在看来，那里必定有人。着令查访查访，看是何人居住。"

汗派人前去查访。查访的人很快就碰到丢失戒指的年轻夫妇，并把他们带回来见汗。

汗见商人儿子的妻子如此漂亮，暗想自己的儿子正愁找不到这样的美人儿呢。他下令把商人儿子的妻子抢过来，送给自己的儿子；又下令把商人儿子的面容毁掉、把双腿打断，投入地牢，再用一块如牛一般大的石块把地牢门堵上。

转眼间，六个伙伴约定相见的日子来到了。这一天，他们依约来到栽下树苗的地方，唯独商人的儿子没有赴约。再看他栽种的树苗，半死不活，树枝上只有朝向河水的一侧有几片绿叶。大伙儿请术士的儿子打一卦，看看商人儿子吉凶如何。一卦打下，得知他被关在地牢，此时只剩幽幽一丝活气。

伙伴们出发去救商人的儿子。他们朝着那几片绿叶指着的方向走去，顺河流而下，一直走进那个残忍的汗居住的城里。在城里，他们跟老百姓一打听，知道商人的儿子就关在这里的牢狱中，还知道商人的儿子有过一个漂亮妻子。老百姓甚至还给他们指出地牢在什么地方。

伙伴们找到地牢门，一起动手，想把堵在门口的那块大石头搬开，可是搬不动。于是铁匠的儿子打了一把大锤，用大锤把大石块砸碎了。大家把碎块搬开，扫清道路，走进死牢，从那里把还剩一丝活气的商人儿子抬了出来。

"他快不行了。"几个伙伴说。

"还有办法。"医生的儿子说完，就给商人的儿子看起病来。他给他擦洗了身子，进行了包扎，接上了骨头，过了一段时间，居然把他的伤病完全治好了。然后，大家一起商量怎样把商人儿子的妻子从汗宫中搭救出来。商量好以后，木匠的儿子先动起手来。他造了一只可以坐两个人的木鸟，木鸟里装上一个可以使鸟儿飞翔的机关。木鸟造好以后，画匠的儿子说："鸟儿虽好，可人们一看就知道是木头造的。我来给它描画描画吧。"

经他一描画，木鸟就变得跟真鸟一样了。准备停当，大家让商人的儿子坐进木鸟中。他一按动机关，那木鸟就一直飞进汗宫，落在一间房子里。汗宫里所有的人都跑进来想看看这只奇异的鸟儿，鸟儿却又是拍打翅膀，又是吱哇乱叫，吓得人们不敢靠近。只有汗的儿媳 —— 商人儿子的妻子 —— 走进房子时，鸟儿才垂下头，安静了。

"瞧，这鸟儿就肯让我一个人走过去。"汗的儿媳说，"你们大家都离开这里吧，我要单独跟鸟儿玩一玩。"

所有的人离开房子以后，商人的儿子对妻子说："你忘记自己的丈夫了吗？莫非你真爱汗的儿子吗？"

妻子认出了他，欣喜若狂，不禁哭泣起来："我怎能忘记你呀！这三年实是迫不得已，能回到你身旁该是多么高兴啊。"

丈夫把她扶进木鸟里，然后驾着木鸟离开了汗宫。

商人儿子的伙伴们一见他的妻子竟是如此美貌，都对这女人产生了爱慕之情，同时也对商人儿子产生了嫉妒。木匠的儿子说："说实话，这个美人应当归我才是，要不是我造出木鸟，她无论如何也是逃不出汗宫的。"

画匠的儿子说："要不是我把木鸟描画出来，谁都会看出这是一只木鸟。没有我的帮助，这美人儿是不会得救的。所以，她应该归我。"

术士儿子说："啊呀，你们这些笨蛋。要不是我算出来我们这位伙伴流落到这个地方，你们恐怕也不会见到他，当然更见不到他的妻子了。"

铁匠的儿子说："没有我，你们休想弄开堵住地牢门的大石块。"

医生的儿子说："不对，这美人儿应当归我。如果我不给我们的这位伙伴看病，他是必死无疑；他死了，我们怎么会想到救他的妻子呢！"

他们争吵起来，边吵边抓住那美人儿往自己身边拽；拽来拽去，把个美人儿拽成六瓣，结果谁也没有抢到手。

背着魔尸赶路的二太子听完这个故事，不禁高叫道："啊呀，这帮浑蛋，这不等于要了她的命吗？"

神仙对他说道："哦，你这个鬼东西竟跟无形之物搭腔，可见你太愚蠢了。既是蠢人，我就要多戏弄你几次。"

神仙说完，就从口袋里消失了。二太子只好第二次返回檀香树下，找到魔尸，把它装进口袋，重新捆起来，背着去见喇嘛。

归途中，神仙又给他讲了下面的故事。

第三章　汗和他的同伴

从前，有个山谷里住着一些居民。尽管山谷中有一条大河的支流流过，但是遇到天旱无雨，庄稼依然颗粒无收，老百姓难免挨饿。旱灾经常发生，很快人们就弄清了原因。原来，这个汗国有两只巨蛙，一只是黄色的，一只是绿色的。这两只巨蛙专门吃死尸。它们吃饱了，全国就会雨水充沛，河水充足，各种作物、草木繁茂丰盛，人畜都能温饱。它们吃不饱，就会天旱无雨，发生灾荒。因此，老百姓都说这两只巨蛙是"天神"，纷纷给它们上供，有时甚至抽签摊派，把活人送给它们享用。

一天，抽签抽到管理这块地面的汗的儿子头上。汗只有这么一个儿子，可是小王子却毅然决定充当巨蛙的供品。小王子有一个要好的朋友，是一个孤儿，他无论如何不愿意跟小王子分开。尽管小王子是去充当供品的，他还是自告奋勇陪同前往。

在去的路上，他们两人商量起来：难道就不能打死这两只令人恐惧的巨蛙，以免自己一死吗？商量的结果，他们决定除掉这两只害人精。他们每人捡了一根大棒握在手里。两只巨蛙看到有人前来送死，便高高兴兴地蹦跳着迎了上来。不料两个年轻人突然跳将上去，朝着蛙头乱棒扑杀，除掉了这两只令人生畏的"天神"。蹬腿咽气时，那黄色巨蛙吐出一些金砂，那绿色巨蛙吐出一块绿宝石。这个汗国的老百姓有吃爬行动物的习惯，两个年轻人把巨蛙煮上，美美吃了一顿。吃完以后，他们想起这两只巨蛙平时吃的是活人和死尸，不禁对吃进肚子里的蛙肉恶心起来。恶心引起了呕吐。一吐，出了怪事！只见小王子吐的是金砂，他的朋友吐的是清水一般透明的绿宝石。他们虽然明白这些宝贝的价值，但是同时也知道，他们再也不能回家了。因为倘若那些迷信的人们知道他们杀死了"天神"，一定会把他们杀死。他们只好流亡他乡。

他们沿着河边溯流而上。上游有一座小茅屋，二人走进去想歇歇脚，吃口饭。小茅屋住着母女俩，她们收了这两个外来人的钱，给他们端上许多酒饭，陪他们喝酒，一直喝到他们恶心得呕吐起来。小王子吐出了金砂，他的朋友吐出了绿宝石，吐完以后倒头便睡。母女俩趁机扒下了他们的外衣，搜去了他们的珠宝，扔下他们，席卷财物而逃。第二天，朋友俩一觉醒来，发现自己只剩内衣，没有分文，也毫无办法，只好离开这令人难堪的地方，继续朝前走去。

一天，在半路上，他们看到有两个小孩儿打架，便走上前去。一问，才知道，这两个小孩儿拾到一顶隐身帽，现在正为抢这顶帽子打架。

两人为他们调解起来："你们先都到那块石头那儿站好。"他们对这两个小孩儿说道，"然后，使劲往这边儿跑，谁得了第一，谁就要这顶帽子。"

两个孩子朝那块石头走去，可是当他们转身跑来时，帽子没有了，两个年轻人也不见了。原来，他俩已经戴上隐身帽，离开这两个孩子，朝前走了。

又有一天，两人又看见有两个小孩儿在争抢一双靴子。这双靴子是一双隐身靴。他们又用同样的办法把这双隐身靴弄到手，继续朝前走。

最后，两个流亡者来到一个汗国。这个汗国的汗刚刚病故，第二天老百姓要选新汗，方法是射箭选汗，从城里射出一支箭，箭落在谁跟前，谁就是新汗。

第二天早晨，都城里的老百姓都聚会在一起，先是念咒、祷告，接着让人射出一箭。这箭飞出城外，不偏不倚，恰恰落在这两个流亡者在下面酣睡的那棵大树上。原来，小王子和他的朋友头一天晚上来到汗国都城，举目无亲，没法子，只好又跑出城外去露宿。他们找了这棵枝叶茂密的大树，躲在树下睡起来。

那选汗的老百姓们随着箭射出的方向赶到大树下，看到小王子和他的朋友，便问道："你们是什么人？"

小王子回答道："我们是穷人。"

老百姓们说，他们正射箭选汗，这箭落在小王子跟前，他本来可以当汗，可是由于他是穷人，而穷人是不能当汗的，所以刚才这一箭不算数。

"问题不在于贫富。"小王子说道，"而在于人品。不然，为什么这一箭恰恰落在我们跟前，而不落到别人跟前呢？你们先不妨好好招待我们几天，让我们吃饱喝足，再看看我们的本事，如何？"

老百姓们采纳了他的意见，为他和他的朋友举行了盛大的宴会。宴会上，所有宾客都美美地大吃大喝了一顿，以致第二天早晨一齐呕吐起来。小王子吐的是金砂，他的朋友吐的是绿宝石，其他客人吐的却是饭菜。

于是，小王子说："我们跟其他人的不同之处你们都亲眼看到了，因此我们登上汗位是当之无愧的。"

大家都认为他的话蛮有道理，就选他当了汗，选他的朋友当了宰相。新登基的汗娶了前任汗留下的寡妇为妻。

过了不久，汗发现他的妻子每天都去一座空旷阴森的高塔里待上几个时辰，不知在干些什么。他想弄清楚，召来宰相，让他穿上隐身靴，悄悄跟随那女人去塔里走一遭，看她到底去那儿搞些什么名堂。

宰相来到塔里，只见汗的妻子一进去就梳妆打扮一番，然后点起火盆，对着火盆念起咒来。突然从火盆上方顶棚窟窿眼飞进一只鸟，落在地上，化为已经死去的那个汗，跟这女人一边交谈一边温存起来。原来，汗的妻子每天来这里是为了跟自己已故的丈夫幽会。

宰相回到汗宫，把看到的一切都报告了新汗。

第二天，新汗戴上隐身帽，同穿上隐身靴的宰相一起悄悄尾随妻子来到塔里。

就在鸟儿落在地上还没有化为人形的时刻，宰相随着汗的手势，扑上去把它捉住。新汗摘去隐身帽，现出原形，责问妻子："你这是在干什么？这只鸟是怎么回事？你看，它为什么一个劲往火盆里钻？"

就在新汗说话的时候，宰相仍穿着隐身靴，正抓着鸟儿朝火盆伸去。不明真相的人还以为那鸟儿是自己往火盆里钻呢。鸟儿的翅膀和羽毛着了火，拼命地吱喳乱叫。最后，终于从宰相手中挣脱出来，吓得半死不活，仓皇飞走了。

第二天，新汗又戴上隐身帽，去塔里看那鸟儿是不是还会露面。只见那鸟儿又落在顶棚窟窿口，过了一会儿他的妻子也来了。鸟儿看到塔里只有那女人，于是变成了人形，不过，脸上带着烧伤，口鼻因疼痛抽搐而变形了。他对那女人说："我的妻子啊，我这是最后一次来看你了。上一次我被一只无形的手抓住，伸进火盆，烧得我伤痕遍体，不成人样。我实在不敢再来了。既然我死了，就让我们永远分手吧。再见了！"

说完，又变成一只鸟儿，飞走了，永远飞走了。

从此，汗的妻子再也不去塔里了。汗下令把这座塔拆掉，用拆下来的砖瓦木头另盖一座宫殿。改建工程由匠人施行。

且说新汗的那位宰相，很喜欢穿上隐身靴满城去转，发现意外情况，便向汗禀报。有一天，他转来转去，转到了巫师家里。

巫师当时正在纸上画画，正面画了一头驴子，背面画了一个人。他把纸正面朝上铺在地上，躺上去打个滚，便变成了一头驴子；再把纸翻过来，再躺上去打个滚，驴子又变成了人。这巫术使隐身在一旁的宰相大为惊异。后来，巫师又变成一头驴子，离开自家院子，上街转悠去了。临走，他却忘了一件事，没有把那张画着驴子和人的纸藏到被褥下面；没有这张纸，他回家以后再也变不成人了。

宰相见驴子走开，便拾起那张纸，揣进口袋里，转身离去。

又有一天，宰相上街闲逛，这一次他没有穿隐身靴。他信步走进一家人家。抬头一看，这里住的正是当初把他们席卷一空的那母女俩。如今这母女俩日子过得很富裕。一见他来，母女俩十分恐慌，以为他是报仇来了。宰相乐呵呵地对母女俩说："你们好啊，好心的女人！我记得当初我们叨扰过你们。可惜离别的时候没有再见面，连钱也没法付给你们。今天我给你们送钱来了。"

说着，把绿宝石掏出来放在桌子上。

"您这绿宝石是从哪儿弄到的？"老婆婆用贪婪的目光盯着桌子上

的绿宝石，问道。

宰相告诉她，他和他的朋友一个能吐绿宝石，一个能吐金砂。

"你们是怎么学会这种本事的呀？啊，我们要是也能学会，该有多好啊！"

"哎，这还不容易嘛！"宰相说，"为了报答你们的恩情，我很乐意把这种本事教给你们。我这里有一张纸，只要你们上来打个滚，就能学会吐金子吐宝石的本事。不过，这本事只能到院里去学。一开始，让你女儿先学；她学会了，我再叫你出去学。"

来到院里，他把纸正面朝上铺在地上，让那姑娘躺上去打了个滚，结果姑娘变成了一头小毛驴。宰相把小毛驴拴到篱笆上，又招呼老婆婆出来。老婆婆走出房门，见有一头小毛驴拴在篱笆上，便说："这小毛驴多好啊！是你骑来的吧？"宰相点点头，又告诉她，她的女儿已经学会了吐金砂的本事，此刻正去河边喝水去了，喝足了河水，就可以吐金砂了。

"现在该你的啦，老大娘！"

老婆婆躺到纸上打了一个滚，也变成了一头驴子。宰相找了一根树枝，把两头驴子赶到汗宫建筑工地，让它们去驮石头。很快，这两头驴子都累得皮包骨，走起路来摇摇晃晃，鞭子也挨得更多了。

有一天，汗在宰相的陪同下前去视察工地。看到这两头瘦骨嶙峋的驴子，便问道："为什么这两头驴子没有喂养好，还要弄来驮石头？"

宰相给汗讲了这两头驴子的来历，并说，现在对她们已经惩罚够了，可以放掉她们了。他把那张纸背面朝上铺在地上，先牵过那头老毛驴，让它在纸上打个滚，变成老婆婆；再牵过那头小毛驴，让它变成姑娘。母女俩还是原来的样子，不过都瘦得很，让人见了都害怕。

背着魔尸的二太子听完这个故事，不禁高叫道："啊呀，可怜的母女俩！她们的遭遇多惨哪！"他的话音刚落，神仙就从口袋里消失了。他只好第三次再去背魔尸。

归途中，神仙又给他讲了下面的故事。

第四章　猪头拐杖的主人

　　从前，在一个荒无人烟的山谷中有一条名叫"纽察盖·布拉克"[1]的小溪流过。小溪旁的山上有一座几层高的城堡，城堡中住着夫妻俩。妻子是个贪财鬼，丈夫年轻又漂亮，倒不像妻子那么贪财，却是个懒鬼，懒得什么事也不想干。

　　一天，妻子劝丈夫骑马出去走走，顺便带上弓箭，像别的男子汉那样也打点什么野物；要不哪怕登上城堡的最高层，到阳台上看看也好。丈夫同意了后一个建议，向城堡的最高层爬去。就在他往上攀登的时候，妻子抱上一个装满黄油的牛肚子走出城堡，放在最显眼的地方，好让丈夫站在城堡最高层上一眼就能发现。她想用这样的办法激起他的贪财欲望。丈夫登上城堡的最高层，走到阳台上，看到远处有一群猛禽，是乌鸦、老鹰在围着一个东西盘旋，后来都落在这个东西上。他感到奇怪，便下了城堡，向飞禽降落的地方走去。过去一看，原来是一个装满黄油的牛肚子，便得意扬扬地把牛肚子抱回城堡给妻子看。妻子看了以后，把丈夫夸奖了一番，心想，总算把他的贪财欲望激起来了。

　　如女人所愿，丈夫立即备好马，背上干粮口袋，装上他捡到的那个牛肚子，引上猎狗，带上强弓利箭，出发打猎去了。很快，他发现了

---

[1]　纽察盖·布拉克：暗泉。

一只狐狸，就放马追去。狐狸钻进了洞里。猎人看到狐狸洞有两个出口，就脱下衣服，摘下帽子，用腰带捆在一起，塞进其中一个洞口，把洞堵上。他又把猎狗拴在马缰子上，马背上驮着他的干粮口袋和弓箭。然后，他用一根尖头木棍掘起另一个出口来，想把狐狸捉住。狐狸一看大事不好，就拼命想从用衣物堵的那个洞口蹿出去。不想，狐狸头套进腰带，把所有的衣服都带动着，朝前跑去。猎狗一见狐狸出来了，就猛扑上去。猎狗牵动马缰，马也跟着跑起来。这样一来，狐狸前面跑，猎狗和马跟着跑，结果猎人既丢了猎狗和坐骑，又失了衣服和食物，只剩下赤条条单个一人和手里那根木棍。猎人跑去追赶，猎狗和马早跑得无影无踪。更糟糕的是，他竟迷了路，连自己的家在哪个方向也弄不清楚了。他只好拖着疲惫的双腿胡乱朝前走去。

深夜时分，他来到一所房子跟前，又不敢贸然进去，只好摸到后院，钻进草垛中藏身。第二天早晨他睁眼一看，这里原来是一座汗宫，他想溜出去，又因没有衣服，只好苦挨。过了一会儿，他见一个年轻女子来后院解手，路过草垛旁边时，不小心将一个五颜六色、闪闪发亮的物件遗落在地上。猎人还没有来得及看清那是一件什么东西，正好一头牛走来拉屎，牛屎恰巧屙在那件东西上，把那件东西严严实实地掩盖起来。更巧的是，养牛女工跟着走来，把那堆牛屎铲到粪堆上。这一切，都被猎人看在了眼里。

中午时分，汗宫里传来一片喧闹声，接着又看到人来人往，不知在寻找什么东西。猎人从人们的吵嚷声中得知，原来汗的女儿丢了一只宝贵的魔戒，戒指中装着护身符，要是失去这只装着护身符的魔戒，连汗的性命也难保。此刻，汗已经气病了，正命令仆人们到处寻找。仆人们翻来找去，最后从后院的草垛中把猎人拖了出来。他赤身露体、饥肠辘辘，一副狼狈的样子。

"你是什么人？"仆人们问道。

"我是最有本领的术士。"猎人急中生智，决定装作一个术士，"因为我法术最高明，我的同事们容不得我，就把我赤身裸体赶了出来。"

术士被带去谒见汗。汗一听说他是术士，十分高兴，要他赶快掐算一下，是谁把魔戒偷去了。术士答应了汗的要求，让仆人们为他准备好占卜用的东西——杀一口肥猪，立即炖好。

肥猪炖熟以后，术士抱住猪头大啃大吃起来。吃光猪头以后，术士要了一身好衣服，穿戴好，又让宫中的仆人集合起来，站成一排。然后他用随身带着的那根尖头木棍把猪头挑起来，从仆人面前走过去。他边走，边用猪头敲打仆人的脑门、胸脯和肚子，问道："是你偷去戒指了吗？"问来问去，他宣布在仆人中间没有找到盗贼。他又信步走去，见到什么东西，就敲问什么东西；见到什么牲畜，就敲问什么牲畜。最后敲到牛身上，他意味深长地竖起一根手指，问道："你们把这头牛屙的屎扔到哪儿去了？"

人们把他引到他早上原本已经看到的那个粪堆旁。他走上前去，翻了几下，毫不费劲就把魔戒找到了。

汗见找到了魔戒，十分高兴，病也好了。他决定好好犒赏犒赏术士。

"你说吧，你想要什么东西？"汗对他说道。

这位没有见过世面的人物要了些什么呢？要的只是他打狐狸时丢掉的那些东西——一匹马，一只猎狗，一些打猎用的东西。

"如果汗愿意的话，再来一头牛也行。"他补充道。

他要的东西，汗都一一满足了，此外，又给了他两大车吃的东西，并让人给他送回家去。但是，术士前一天迷了路，连他的家在什么地方住也有点说不清楚。他只说，他家住在一条名叫"纽察盖·布拉克"的山溪旁边的山顶上。幸运的是，汗手下的人居然知道这个地方，于是沿着山谷走去，一直把他送回自己的家。

妻子见到他，得知了事情的经过，自然满心欢喜。可是，她详细询问之后，觉得汗对她丈夫找到魔戒赏赐的东西太少了。她二话没说，提起笔来就以术士的名义给汗写了一封信。信中暗示说，术士生活很贫苦，只是出于客气，才只要了一头牛。然后把信交给仆人，给汗带去。汗看了这封信，又给术士赶来一百头牛。从此以后，汗宫里的仆人们都把这个假装成术士的猎人叫"猪头拐杖的主人"。

过了一些时候，汗外出打猎，在一片树林里看见一个美丽的姑娘牵着一头牛走来。汗上前一打听，原来这姑娘不堪忍受后娘的虐待，偷偷骑上这头温驯的牛，从家里逃了出来。汗很喜欢这个姑娘，决定娶她为妻，还把他女儿出嫁时留下的那只魔戒送给了新婚妻子。但是好景不长，汗很快就无缘无故染上了重疾。汗无论如何想不到，他的这个年轻美貌的妻子竟是一个懂法术的女魔。她为了害死汗，篡夺汗位，就变成一个美女来迷惑他，还把他那只装有护身符的魔戒骗到了手。汗也想不到，此刻养在他栏圈里的那头温驯的牛就是女魔的丈夫变的，一旦需要，那牛又可以变成人样。

汗的那些忠心耿耿的仆人看到汗染上重病，便急忙去找那个"猪头拐杖的主人"。大家都把希望寄托在术士身上。

术士应召前来，被带进起居室为汗治病。当时，汗的新婚妻子正坐在一旁。术士本是个好色之徒，一见这个绝色女子，便大为倾倒，一边向汗询问病情，一边死死地盯着这女人。这女人却错误地理解了他的这一举动，以为他真是一个法术高明的术士，已经猜透她是一个女魔，是谋害汗的祸根，因此才盯住她不放。女魔恐惧至极，决定逃走，便扔下术士和汗抽身悄悄离开了起居室。

女魔逃跑以后，汗也静静地睡着了。他睡得那样熟，竟连呼吸也听不出来。术士叫了几声，不见汗搭腔，心想："糟了！看来汗是完蛋了。还是及早溜吧。"

术士害怕汗死了他要承担责任，就从窗口跳出去，落荒而逃。跑来跑去，跑进栏圈，撞到汗的新婚妻子当初骑的那头牛的背上。牛大吃一惊，驮着这位不知从哪里跌落下来的术士，纵身跃出栏圈。它以为，骑在背上的术士挥舞着那根猪头拐杖，要驱赶着它到什么地方，就愈加恐慌起来，拼命挣扎，终于在宫门口把术士从背上甩下来。可怜的术士吓得半死不活，乖乖地躲在门背后藏了起来。

再说那女魔为了躲避可怕的术士，从汗宫中逃出来，此刻正藏在门外。牛逃出宫门，看到自己的妻子，就变成人，跑到妻子面前。

"哎哟，糟了。"女魔说道，"术士认出我来了，刚才他一个劲地盯着我。我好歹总算从汗宫中逃出来了。"

"还有比这更糟糕的事呢。"她丈夫说道，"我几乎被他用魔杖打死。我想，他也认出我不是牛而是你的丈夫，猜透我们弄死汗的计谋了。"跟着，他把刚才的经过给妻子讲了一遍。

且说我们这位术士听到了这一席话，便悄悄地离开宫门，返身奔向汗的起居室。来到门口，隔着门缝儿一瞧，汗动弹起来了。他大为高兴，于是推门走了进去。

"您觉得贵体如何？"他向汗问道。

"病轻了一点儿了。要想痊愈，你说还应该怎么办呢？"

"应该把您的那位妻子和她那变成牛的丈夫一起烧死，因为他们是魔鬼，您得病就是他们作乱的结果。"

汗立即下令把那两个魔鬼抓来，从女魔身上摘下魔戒，架起火把他们一起烧死了。不久，汗就康复了。

"我该赏给你点什么呢？"汗问术士。

术士想，自从上一次汗给他送去一百头牛之后，妻子就不止一次埋怨说，牛在院子里关不住，老跑，没法拴，因为没有绳子。

"给我一百根绳子吧。"术士答道。

汗下令赏给术士一百根绳子，还让仆人赶来四只大象，满载各种财物，随术士一起送到家里。妻子听说丈夫只向汗讨了一百根绳子的奖赏，大为恼怒，骂他是傻瓜。贪心不足的妻子又以丈夫的名义给汗写了一封信。信中说，术士之所以要这一百根绳子，是因为这些绳子原本是魔绳，等汗一死，女魔就要用这些绳子把汗的近臣统统吊死。术士为了根绝后患，才要走这些绳子。接着她暗示说，术士想另讨一些奖赏。

汗收到这封信以后，也觉得给自己救命恩人的奖赏太少了，于是召集大臣们进宫，对他们说："我只身一人，没有妻子；女儿出嫁以后，身边又无子嗣，眼看我一死便无人继承汗位了。这术士倒是一个好人，何不让他先来跟我一起管理汗国大政，我死后再由他继承汗位呢？"

大臣们都赞同他的提议。

背着魔尸的二太子听完这个故事，不禁高叫道："他怎么能当汗呢！"话音刚落，神仙又从口袋里消失了。他只好第四次返回去背魔尸。

归途中，神仙又给他讲了下面的故事。

第五章　妻子和她的鸟丈夫

从前，在一个名叫"乌拉·其其格里克"[1]的国家，有一个牧民，他有三个女儿，轮流替他出去放牧牲畜。

一天，大女儿出去放牛，走累了，就躺在草地上睡着了。牛群无人照看，越走越远。她醒来一看，牛不见了，就赶忙去寻找。找来找去，走进一座森林，看见一座房子。房子十分漂亮，看样子有人在里面居住，可走进去一瞧，却空寂无人，只有一只鸟儿落在房梁上。她大声喊道："主人哪儿去了？怎么没有人啊？我该向谁打听走失的牛呀？"

突然，那只鸟儿用人话回答说："如果你嫁给我，我就告诉你牛在什么地方。"

姑娘轻蔑地冷笑了一声，说："我能嫁给鸟吗？ —— 除非你会七十二变才行。"

说完，她离开房子，回家去了，牛群也没有找着。

第二天，二女儿去找牛。她遇到的情况跟姐姐遇到的一样，她也拒绝了鸟儿要她做妻子的要求，结果还是没有找到丢失的牛群，两手空空回到家里。

最后，该三女儿去找牛了。她也来到了森林中的那座房子里。当她

---

[1] 乌拉·其其格里克：山玫瑰。

听了鸟儿要她做妻子的那番话以后，说道："在我们这里，对姑娘说这种话是不礼貌的，因此我什么也不跟你说。"

"可我非要娶你做妻子不可，那你怎么办呢？"

"娶就娶吧，我可以做你的妻子。"

"那你就当我的妻子吧。这房子里所有的东西，都是你的了。"

说罢，鸟儿领着她转遍了各个房间，把自己的家产都让她过了目。于是，三女儿嫁给了这只鸟儿，为家里找到了走失的牛群。

到了晚上，鸟儿立刻变成了一个伟丈夫，不过妻子无法看清他的模样，因为屋里一片漆黑。丈夫对妻子说，他只能夜里变成人，早晨一到，还得变成鸟儿。

"我是这里的国王。"丈夫说，"每个月的阴历十五我的臣民都要来这里集会，只有这一天的白天我才变成人在人们面前露面。"

说话之间，阴历十五这一天来到了，许多人都来这里集会，鸟儿的妻子也出去参加集会。她长得十分美丽，人们见了她都惊羡不已。她在男人堆里看到一个骑着灰色骏马的小伙子，长得十分漂亮，心里暗自喜欢上了他。晚上回到家，丈夫问她，白天聚会时，她最喜欢哪个人，哪个人长得最漂亮。她回答说："女人当中最漂亮的，大概就数我了，因为大家都一个劲儿地看我。至于男人，我最喜欢的是那个骑灰马的小伙子。"

一个月之后，她又去参加集会。这一次，那个小伙子骑着一匹灰马站在人群中。再次相见，她最终爱上了他。但是那小伙子对她却显出不屑一顾的样子。一气之下，她提前离开了会场。回家路上，顺便到了一个会占卜的穷老婆婆家里，对老婆婆说，她爱上了一个骑灰马的小伙

子，并详细说了小伙子的长相。

"这就是我们的国王呀！"老婆婆惊叫起来，"你怎么能爱他呢？"

"这么说，他原来就是我的丈夫呀。"鸟儿的妻子说。她向老婆婆诉说了自己跟丈夫的相遇经过，接着说："我真想再不让他变成令人讨厌的鸟儿了。可这该怎么办呢？你能告诉我吗？"

老婆婆教她道："你可以对丈夫说你要去烧香敬神，实际上你别去，藏在房间里，等着看你丈夫怎么样变成人。只要他一脱去羽衣，你就马上抢过来，扔进火中烧掉。没有羽衣，他就再也变不成鸟儿了。"

鸟儿的妻子按照老婆婆出的主意办了。她的丈夫一见她烧了羽衣，就大叫起来："啊呀，你这个糊涂虫！你可把我害了。我的天职是跟魔鬼作战；只有白天变成鸟儿，我才不受魔鬼的袭击。现在你烧掉了我的羽衣，我只好昼夜不停地去跟魔鬼作战去了。为此，我要把灵魂留在家里，你得坐在门口看着，七天七夜不要睡觉，千万别让魔鬼把我的灵魂偷去。"安顿完毕，鸟丈夫便消失不见了。

妻子守着他的灵魂六天六夜没合眼。第七天头上，她打了一个盹，醒来一看，只见丈夫站在她面前，对她说："你没有守护好，我的灵魂已经让魔鬼偷去了。从此以后，我只好去给他们当奴隶了。"

说完，他便隐去了。

妻子在绝望之中飞奔出去寻找自己的丈夫，她走遍高山谷地，到处呼唤。

有一天，她仿佛碰到了他，可是他的话音却飘忽不定，忽东忽西。她追来追去，累得精疲力竭。最后，她爬上常常传来丈夫话音的那座山头，跌跪在地上，掩面痛哭起来。

就在这时，她丈夫扛着树干，迎面走来了。她一见，便站起来扑上去问道："你为什么要扛这些树干呢？"

丈夫回答说，他在为魔鬼干活，魔鬼命令他把这里的路封住。

"怎样才能把你解救出来？"她问。

"你先找一张鸟衣，再找到我们这里最有法术的术士请求帮助。他会告诉你怎样才能把我再变成鸟儿的。"

妻子弄到了鸟衣，又找到了一位术士，术士对着那件鸟衣念过咒，并且把几句咒语教给了她。她立即爬到山上，等丈夫路过那里时，把鸟衣披在他身上，同时念了学会的咒语，于是丈夫又变成了鸟儿。他们从此团圆了，丈夫每天晚上变成人，早上变成鸟儿。

背着魔尸的二太子听完这个故事，不禁高声叫道："啊，可怜的女人，这一下她可该高兴了！"话音刚落，神仙又从口袋里消失了。他只好第五次返回去背魔尸。

归途中，神仙又给他讲了下面的故事。

第六章　纳仁格日乐和他的弟弟

从前有一个汗，名叫山丹阿日喜，他的汗国很大，百姓众多。他有一个儿子，属虎，名叫纳仁格日乐。汗的妻子不幸病逝，不久，汗续了弦。一年之后，汗的继妻也生了一个儿子，起名叫萨仁格日乐。萨仁格日乐与哥哥纳仁格日乐亲密无间，相处得很好。

他们全家一起平静而幸福地过了几年。渐渐地，继妻对前妻留下的儿子暗自嫉恨起来——因为有他在，自己的儿子就不可能继承汗位。于是她决定谋害前妻之子纳仁格日乐。

一天，她假装生病了。汗请人为她看病，但是毫无效果，病情一直不见好转。最后，汗只好问她可知道有什么方子能治好自己的病。她回答说："不必为我操劳了，我注定活不成了——方子倒是有一个，可是我不好告诉你。"

汗为了治好妻子的病，就再三要求她把治病方子告诉他。妻子假意推让了一番，最后才说，她只要吃了汗的大儿子的心，病就能好。汗决定杀死大儿子，以免妻子死去。

不料他们的这一席话全让汗的二儿子偷听到了，他立即跑去告诉了哥哥。兄弟俩一商量，决定逃离本国。一路上，他们饥寒交迫，历尽艰险。弟弟萨仁格日乐年幼体弱，不幸死去了。哥哥纳仁格日乐悲痛欲绝，但是没法子，只好离开弟弟的尸体，继续向前走去。走了三里地，他看见一座茅屋，这里住着一个修行喇嘛，名叫沙都日固·阿日喜。纳仁格日乐进去拜见了喇嘛，把自己的遭遇和弟弟的不幸全告诉了他。

"别哭了，孩子。"喇嘛对纳仁格日乐说，"你把我领到你弟弟尸体停放的地方，我可以让他复活。"

喇嘛真的让萨仁格日乐复活了，并把兄弟俩收为义子。

且说喇嘛所在的这个汗国有一个风俗：向居住在人迹罕至的沼泽湖主"龙王"敬供活人，每年一个，必须是属虎的。不少虎年出生的人就这样被活活地送进龙王的口中，其余属虎的都逃亡了，结果这一年连一个属虎的人也找不到了。

后来，汗打听到沙都日固·阿日喜喇嘛有一个属虎的义子，于是就派出四个仆人去抓纳仁格日勒。沙都日固·阿日喜喇嘛一见汗的仆人，便明白了来意，赶快把纳仁格日乐藏进瓷坛子里，盖住盖子，放到了床下。汗的仆人找不到纳仁格日乐，就把喇嘛抓起来，拷问纳仁格日乐的去向。藏在瓷坛子里的纳仁格日乐听见汗的仆人在折磨自己的救命恩人，于心不忍，便挺身而出。汗的仆人一见纳仁格日乐自投罗网，就放掉喇嘛，拖着他去见汗。

谁料想，汗的女儿见纳仁格日乐长得英俊，竟爱上了他。她当着父亲的面扑在纳仁格日乐身上，搂着脖子，拉住袖子，不让父亲把他送进龙王之口。汗被女儿的行为激怒，一气之下命令仆人把两个年轻人一起敬供给龙王。两人被投入沼泽湖中。龙王竟被两个英俊的年轻人的眼泪所感动，决定赦免他们。龙王让来人把他们领了回去，并且转告汗说，以后再不要向他敬供活人了。汗得知这一情况，满心欢喜，就把纳仁格日乐招为驸马。纳仁格日乐在汗宫中安顿下来，又请汗旨把弟弟萨仁格日乐和喇嘛沙都日固·阿日喜接来同住。后来，萨仁格日乐娶了汗的次女为妻。

过了一些时候，兄弟俩决定回自己的汗国看望老父亲。父亲自然十分高兴，母亲一见自己曾经谋害过的前妻之子平安归来，十分惶恐，竟病倒在床，不久便死了。

背着魔尸的二太子听完这个故事，不禁高声叫道："这真是罪有应得啊！"话音刚落，神仙又从口袋里消失了。他只好第六次返回去背魔尸。

归途中，神仙又给他讲了下面的故事。

第七章　汗和臣民

从前，在一个叫阿勒本·道套日图的地方，有一个汗。汗的臣民中，有一个人最为桀骜不驯，他不但不服管束，还常常带头鼓噪。汗忍无可忍，最后决定把他赶走。此人告别了母亲，离开了家乡，开始了流浪生活。

有一天，他在一堆树叶中发现一匹刚死不久的马。他在家中早已养成胡作非为的习惯，现在一见死马，便信手把马头割下来，夹在腋下，继续朝前走去。

夜幕降临时，他来到一片林中空地，空地中央长着一棵大树，枝繁叶茂。这位流浪者提着马头爬到树上，准备在树上过夜。

深夜时分，有一些小鬼从四面八方来到树下，围成一圈，各自吹嘘起自己白天所干的坏事来：有的说，他白天弄死一个人；有的说，它白天弄到一头牛；还有的说，他白天弄到一匹马。

"现在咱们就把白天弄到手的东西一块儿吃掉吧。"一个小鬼提议说。

趴在树上，夹着马头的流浪者听到这个小鬼的话，以为是要把他和他的马头一起吃掉呢，大为惊恐："他们马上就要把我拖下去，连人带马头一起吃掉了！"这么一想，他的双手不禁颤抖起来，腋下夹的马头随之落下去，正好落到小鬼圈子里。

这一下小鬼们惊慌起来。他们以为天神察觉了他们的鬼蜮行动，降下马头，要灭绝他们。惊恐之下，它们丢弃食物，四散逃命。流浪者见小鬼们跑掉，便从树上爬下来，将小鬼们丢弃的食物翻检了一番。他看到其中一只金碗十分精致，就捡起来。他心想："要是这金碗里有一碗奶茶该多好啊！"

不料，他刚想到奶茶，碗里就真的出现了奶茶。

"哎呀，这可真是一只宝碗啊。"他边说，边把奶茶喝掉，然后将碗揣在身上，朝前走去。

走了一段时间，他碰到一个人，手里拿着一把木锤。他停下脚步，跟这个人攀谈起来："你这把木锤是干什么用的？"

那人回答说："这木锤可不比一般哪。这是一把宝锤。只要说一声'你把谁谁打死'，它马上就能飞出去把那个人打死，再飞回我手里。"

流浪者灵机一动，说道："我有一只宝碗。"说着，把这只碗的奇异之处表演了一番，"你想用你的宝锤换这只宝碗吗？"

对方同意了。交换之后，两人各奔前程。走了不远，流浪者对宝锤说了一声："你快去把你的旧主打死，把我的宝碗带回来。"

宝锤应声飞出去，按他的指令办了。这个心怀叵测的流浪者收回宝碗和宝锤，继续朝前走去。

走了一段时间，他碰到一个铁匠，扛着一把铁锤。他向铁匠问道："你这把铁锤是干什么用的？"

铁匠回答说："这是一把宝锤。它可以造出宫殿——不是土木结构，而是铁的。你只要挥动一下，就能造出一层；再挥动一下，就能造出第二层；挥动三下，就能造出第三层。"

流浪者又用金碗换了这把铁锤，并用同样的办法命令木锤将铁匠害死，收回了宝碗和宝锤，朝前走去。

走了一段时间，他又碰到了一个人，随身带着一块宝方布，只要轻轻挥动一下，天上就下起小雨来；重重挥动一下，就下起大雨来；要是用劲儿挥个不停，还会暴雨成灾。流浪者对这人说："你要那么多水有什么用呢？有吃有喝比什么都强。"于是他怂恿那人用宝方布换了他的宝碗，而后又命令木锤害死那人，将宝锤和宝碗收回来。

他暗自说道："有了这些宝贝，我就比汗强大多了。当初他赶走我，现在该是我向他报仇的时候了。"

于是他返回故国，挥了九下宝锤，顷刻间造出了一座九层高的铁宫殿，又把母亲接来，一起安顿下来。

第二天早上，汗看见有座宫殿拔地而起，跟着又得知那里住的是谁，就大为震怒，下令运去干柴树枝，堆在宫殿的四周，要点起火来，把那个坏蛋活活烧死。干柴着火以后，宫殿变得炎热起来，流浪者的母亲惴惴不安，担心被烧死。流浪者劝她不必担心，等火烧大之后，他就从窗口伸出宝方布使劲挥动起来，一场大雨从天而降，大火被浇灭了。汗下令运去更多的木柴树枝，再次点火，并用皮囊鼓风。只见火舌直蹿向天空。那流浪者生了气，伸出宝方巾连连挥舞不停，直挥得大雨成灾，洪水涨到七层楼高。结果除了他和他母亲，百姓和汗都被水淹死了。

背着魔尸的二太子听完这个故事，不禁高声叫道："这个家伙实在太坏了！"话音刚落，口袋里的神仙便倏忽消失了。他只好第七次返回去背魔尸。

归途中，神仙又给他讲了下面的故事。

第八章　泥瓦匠和画匠

从前有一个汗，他有一个儿子名叫额凌图。汗去世之后，额凌图继承了汗位。额凌图汗手下有两个人本事超群，一个是泥瓦匠，一个是画匠。这两个人老闹别扭，互相嫉妒，虽然汗对他们一视同仁，可他们总怀疑汗看重对方。闹来闹去，画匠起了害人之心，决定除掉泥瓦匠。

画匠弄到了一张羊皮纸，把它涂得古色古香，又在上面写了一些莫名其妙的文字。准备停当，他把这封羊皮书信呈递给汗，并说这是从天上降下来的。汗接过羊皮书信一看，上面的字一个也不认识，就问画匠："这上面写的字你认识吗？"

画匠就装模作样地将信读给汗听。从他读的内容来看，这是已故父汗写给额凌图汗的一封信。开头是一番家常话，说他在天上生活得很好，正打算修建一座宫殿。接着，画匠念道："可惜这里没有一个像样儿的泥瓦匠堪与我生前就已经出名的宫廷泥瓦匠相比。故此，你可速派他来我处，为我修造宫殿。工程完毕，我即刻将他遣送回去。你派他登天时，可生一堆篝火，将他投入，等篝火烧旺，他即可驾烟而上，来到我这里。"

汗听完信的内容，派人把泥瓦匠请来，将父汗的意思告诉了他。泥瓦匠一听，便明白这是谁的主意。他说："好吧，我甘愿为先汗服务。不过请你给我七天的期限，让我把家里的事安排安排，因为我或许再也

106

不回来了。"

汗没有料到泥瓦匠会答应得这么痛快，于是准了他的假。

泥瓦匠回到家里，立即动手干起来。他从家里掘了一条地道，通到当院，向地上开了一个口。他在洞口盖上青石板，青石板可以随意搬动。七天过后，泥瓦匠呈请汗在自家院子里生起篝火，汗自然同意。点火之前，泥瓦匠站在洞口那块石板上，让人在周围散堆上一些柔软的禾秸、茅草，外层再高垒起一道木柴墙，遮挡住泥瓦匠。篝火点着，烟火升腾起来以后，泥瓦匠急忙搬开脚下的石板，钻进地洞，盖好洞口，从地道溜回家里。家里人当然知道其中的奥秘，但是泥瓦匠告诉他们要严守秘密，因此家里人当着众人的面还是佯装痛哭了一番。

泥瓦匠在家里隐居了一个月没有露面。他喝的是牛奶，洗澡用的也是牛奶，再加上不见阳光，结果皮肤变得十分白嫩。这期间，他又让家里人给他买来哈达和白绸子。为的是不引起别人的疑心，这些东西是到别的地方偷偷买来的。他用白绸子缝了一身衣服。一个月过后，他穿戴起来，再缠上哈达，便去见汗。

汗一见泥瓦匠来到，就惊喜地问道："你真的回来了？你快说说，天上有什么新鲜事，宫殿修好了没有？"

泥瓦匠回答说，宫殿已经修好了，还把父汗的一封信 —— 自然是他伪造的 —— 呈递给汗。

信是这样写的："我儿额凌图！在高明的泥瓦匠帮助下，我的宫殿已经竣工。现在需要粉刷墙壁，绘制壁画，但是此处缺乏高手。"接着，信中写道，要儿子立即用同样的方式把宫廷画匠派到天上来。

汗读过父汗的信之后，立即派人去召请画匠。画匠一进汗宫，看到泥瓦匠竟还活着，而且身着白色服装，保养得比先前还健壮，就傻了眼。

这一次该他进天堂了。汗向他宣读了先汗委托泥瓦匠带来的信，命令他准备升天，他只好表示同意。结果，真正被烧死的倒是画匠本人。

背着魔尸的二太子听了这个故事，不禁高声喝彩："自掘坟墓自找死，真是恶有恶报！"话音刚落，口袋里的神仙便又消失了。二太子只好第八次返回去背魔尸。

归途中，神仙又给他讲了下面的故事。

第九章　兄弟俩

从前，有兄弟俩，哥哥富有，弟弟贫穷。尽管这样，哥哥还贪心不足，后来索性把弟弟的家产都抢得一干二净。弟弟无法生存，对哥哥十分怨恨。有一天哥哥大摆宴席，招待客人，却不请弟弟去。弟弟知道后，更是满腔悲愤。他想："我得去他家里偷点东西，来维持生活。好在都是自家人，而且他的东西中也有我一份。"

于是他偷偷溜进哥哥卧室旁边放满金银财宝的仓库里，藏在角落，单等夜深人静的时候再下手。

且说宴罢人散，哥哥酩酊大醉，在妻子的搀扶下回到卧室。这女人把丈夫安顿好，听他鼾声大作，便悄悄起身，穿好衣服，拿了一只盘子和一把木勺，走到餐桌旁，挑了一些可口的饭菜、糖果放进去，端着走出门去。弟弟躲在暗处，把嫂子的一举一动都看在眼里，见她走出去，也悄悄尾随上去，想看看她到底用这些食物去款待什么人。

这女人来到一座山上，走到一具棺材跟前，放下盘子，便号啕大哭，哭诉狠心的相好不该撇下她早早弃世。原来，这女人从前有过一个相好的男子。后来那男子不幸死去，他的棺材就停在这里。这女人虽然出嫁，可是对死去的旧相好依然念念不忘，今天正好乘丈夫熟睡之机，前来祭奠一番。

且说这女人哭了一阵子，便打开棺盖，扶起死去的心上人，自己先把好吃的东西嚼碎，再用木勺撬开死人的嘴，嘴对嘴喂进去，好让死人也分享今天宴席上的美味。谁知刚喂了一口，正要喂第二口的时候，出了怪事：那支在死人嘴里的木勺滑落，死人的嘴突然紧紧闭上，恰好咬下了这女人的舌头尖和鼻子尖。这女人又疼又惊，大叫一声，撇下盘子便狂奔回家。弟弟见嫂嫂跑掉，便走向前去拾起盘子，一看盘子是银质的，很贵重，便想："有这只盘子，变卖了也够我维持生活了。"接着，他依旧尾随嫂子而去——这一次不是为了偷东西，而是想看嫂子下一步怎么办。

那女人脱了衣服，躺在丈夫身旁睡下。过了一会儿，只听得她突然喊叫起来："你难道发疯了不成？"

"怎么了？"丈夫一面揉着眼睛，一面问道。

"我正要和你亲嘴，你竟然迷迷糊糊把我的舌头尖、鼻子尖咬下去了！"

"这怎么可能呢，我可爱的妻子。虽然我喝醉了，可也不会咬你的舌头、鼻子呀！这绝不可能。"

可是那女人仍然哭呀叫呀，闹个不停。一大早她又跑到法院去控告丈夫，说他把她咬成残废，请求法官判决离婚。

法官传来丈夫。丈夫只承认喝醉了酒，不承认咬过她。法官不信，要对他用刑。

弟弟听到这个消息，动了恻隐之心，急忙赶到法院，挺身为哥哥辩护。他说："虽然我哥哥待我不好，可是我不想以怨报怨。我可以证明，事情经过不像我嫂嫂所说的那样。我哥哥没有罪。"接着他把自己怎样想偷哥哥的东西，怎样藏到仓库里，嫂子又怎样跑到山上，山上又有一具怎样的棺材，如此这般，说了一遍。

听了弟弟的证词，法官去到山上，对躺在棺材里的死人 —— 那女人的相好 —— 进行检验，结果在死人嘴里找到了那女人的舌头尖和鼻子尖。于是法官据此断定那女人犯了诬告罪，将她处以死刑，斩首示众。

背着魔尸的二太子听了这个故事，不禁高声喝彩："这真是大快人心啊！"话音刚落，口袋里的神仙又倏忽消失了。二太子只好第九次返回去背魔尸。

归途中，神仙又给他讲了下面的故事。

第十章　狮子和牦牛

从前，在中国西藏和印度之间有一个地方盛产狮子，周围一带都被狮子搅得很不安宁。其中有一头母狮子岁数大了，牙齿掉了，连猎物也几乎弄不到了，因此常常挨饿，显得羸弱不堪。这老狮子还带着一头小狮子一起生活。

有一天，老狮子看见一群牦牛，就扑上去追赶。牦牛四散逃命，只剩下一头母牦牛和一头小牦牛没有逃脱——小牛犊跑不快，母牦牛留下来想保护它。老狮子立即把母牦牛扑倒在地。它长期挨饿，饥肠难忍，三下两下，就把一头母牦牛吃得精光。吃完之后，这才觉得吃得太多，要撑死了。临死之前，老狮子目光散乱，错把小牦牛当作小狮子，吩咐道："我的孩子，我是不行了。我死了以后，你要和伙伴好好相处，不要为一块肉、一根骨头争个没完没了，要懂得互相爱护。"

说完，它就死了。老狮子留给小牦牛的这番遗言，小狮子也听到了。它以为老狮子是要它跟小牦牛和睦相处，保护好小牦牛，因此，它决定按老狮子的吩咐办。从此，小狮子和小牦牛一起生活，一起玩耍。小牦牛生活在狮子出没的地方，再也看不到自己的同类，所以很快也就跟所有知道它和小狮子和睦相处的狮子混熟了。

后来，这件事让一只狐狸知道了。狐狸是一种阴险毒辣、生性善妒的动物。它决定挑拨它们的关系，以达到从中渔利的目的。它心想：

"哼，狮子还能和牦牛生活在一起吗？"

于是，狐狸装出一副温顺谦和的样子，跑到小狮子那儿。小狮子正在吃鹿肉，见到狐狸，便威严地喝问道："你来干什么？"

"小兽王，你听我说，是这么一回事。你宝贵的生命正受到威胁。你的朋友小牦牛已经背叛了你，它要为母亲老牦牛报仇。"狐狸回答说。

"这不可能，我们俩是一起长大的。"

"咳，哪是这么回事呀！我告诉你吧，你再去找它玩耍的时候，只要见它一面用犄角刨地，用尾巴抽打你的身子，一面使劲嗥叫，那就说明它要对你下手了。不过你别怕，你可以跳到它的背上，咬住它的脖子。"

听了狐狸的挑拨，小狮子下决心杀死小牦牛。

狐狸转身又跑去找到小牦牛，对它撺掇道："可怜的小牦牛啊，我刚才到过狮子那儿，听说你的朋友小狮子在请人做客时说过这样的话：'我的朋友小牦牛长大了，该是把它吃掉的时候了！'唉，小牦牛哪，难道你真想像你母亲那样被人家吃掉吗？"

头脑简单的小牦牛轻信了它的话，便问道："那我现在该怎么办呢？"

"你得要自卫。只要看见小狮子走来，你就一面低下头来用犄角刨地，一面大声嗥叫；如果它扑到你背上，你就设法用犄角把它刺死。"

后来，两个伙伴碰到一起，果然争斗起来。狮子跳到牦牛的背上，一口咬住牦牛的脖子。牦牛也不示弱，用犄角刺破狮子的肚子。狮子和牦牛如临大敌，争来斗去，结果两败俱伤，双双倒在地上，眼看就要死去。

这时，狐狸走来了。它嘲笑道："你们真是力气大，智慧少。可怜，可怜！"

说完便蹲在一旁，坐待它们死去，好饱餐一顿。然而，它也得到了应有的报应。就在那场争斗中，牦牛蹄子瓣里塞进一块大石块。牦牛咽气时，一蹬腿，把那块石头甩了出去，恰好砸在狐狸的脑门上，狐狸立刻倒在地上咽气了。

背着魔尸的二太子听了这个故事，不禁插话说："卑劣的家伙就应该遭到这种报应。"话音刚落，口袋里的神仙又不见了。二太子只好第十次返回檀香树下再去背魔尸。

归途中，神仙又给他讲了下面的故事。

第十一章　乞丐和羊羔

从前，有一个国家住着老两口。他们除了一个已经成年的女儿外，就再没有别的孩子了。因此他们想招个好女婿，好帮助他们过日子。

附近一个国家也有老两口，他们有一个儿子。这老两口又穷又懒，以讨饭为生，儿子也落魄成了一个乞丐。

有一天，这家的儿子到邻国去讨饭。听说有老两口想给女儿招女婿，他就上门毛遂自荐。老两口竟也同意了。于是，他做了上门女婿。结婚之后，他得成天劳动，而他对劳动又毫无兴趣，因此一个月以后就又怀念起过去那种自由自在的乞丐生活来了。

于是他对丈人、丈母娘说他想领上妻子回家省亲，好让父母见见儿媳。丈人答应了。他便和妻子一起上路了。半路上他对妻子说："我们现在既然无所事事，也就不必再匆忙赶路了。"

"那我们靠什么谋生呢？"妻子问。

"我们可以讨饭呀。"丈夫回答，"这一带人们生活很富裕，他们会施舍我们的。"

这样，夫妻俩就过起四处流浪的乞讨日子来。对于丈夫来说，讨饭似乎比丈人家的畜群还要珍贵。

后来，他们生了一个儿子。儿子渐渐长大了，抱上儿子去讨饭，实在太不方便，于是丈夫对妻子说："附近一带常有一群野羊来来往往，

115

眼下正是野羊脱毛的季节，我们捡些羊毛擀成毡子卖掉，用卖毡子得到的钱买上一匹公马，让孩子骑上马跟我们一起讨饭，你看怎么样？"

"不。"妻子反对道，"最好买一匹母马，要是下了马驹，正好给我骑。"

"不，正好给我骑。"丈夫说。

"你发疯了？马驹子是你骑的吗？你骑马驹子要压断它的腰的！"妻子喊叫道。

他们争吵起来。妻子一怒之下，捡起一块石头就朝丈夫砸去，没打着丈夫，倒砸到儿子的太阳穴上，结果把儿子砸死了。

这对懒惰又愚蠢的夫妇只好把儿子埋葬了，又过起原先那种夫唱妇随的讨饭日子。终于，这一天他们来到男方父母家，可是没有见到两位老人。他们是死去了还是搬家了，谁也说不上。夫妻俩只好再返回去投靠女方父母，但是连这两位老人也没有见上面。听邻人说，他们去寻找女婿女儿至今未归，也没有一点儿消息，也许死在半路上了。家里的财产荡然无存，羊群全让狼吃光了，只剩下一只小羊羔逃出狼口，住在田鼠洞里，一见有人或牲畜走来，就躲进去不出来。

看到这种情况，这位乞丐丈夫反倒高兴起来，心里一块石头落了地。他对妻子说："这太好了。我们从此自由了，再不用为那些讨厌的家务营生操心了。不过那只羊羔还得弄到手，我们好长时间没有闻过肉味了。"

夫妇俩来到羊羔住的那个田鼠洞旁，找来找去，不见羊羔的踪影——羊羔搬家了。

原来事情是这样的。有一天，一只兔子听说羊羔孤孤单单躲在鼠洞里怕被狼抓去，心里十分同情，就跑去对它说："离这里不远的地方有一群羊，我带你到那儿去吧。归了羊群你就好办了。"

"我怕路上被狼吃掉。"羊羔说。

"不会的，我会照顾你的。"

"那我就跟你走吧。"

说罢，两个新朋友一道上路了。半路上，它们看到地上有一块马鞍垫子。兔子对羊羔说："把这块马鞍垫子拿上，将来会有用的。"

羊羔疑惑不解，但还是听了兔子的话，把马鞍垫子捡了起来。接着，它们又捡了一块破红布和一张写了字的纸。

后来，它们突然看到远处来了一只狼。羊羔一见，十分恐慌。兔子对它说："不要怕。你把马鞍垫子放在地上，再把那块红布盖上去。"

羊羔按照它的吩咐办了。然后兔子大声说话，好让迎面走来的狼听清楚："来，现在让我来宣读伟大的天神'霍日穆斯图·腾格里'的来信吧。看他老人家信里写了点什么。"

兔子捧起写了字的纸来，庄严地坐在红布上，大声宣读道："伟大的'霍日穆斯图·腾格里'天神命令众兽中最聪慧之兔子先生努力猎获足够数量的狼，以便用狼皮为伟大的'霍日穆斯图·腾格里'天神缝制一件大衣。"

狼听到这道命令，惊恐万分，立即溜之乎也。兔子想去追赶，却没有追上。

就这样，它们平安地找到了羊群。兔子把羊羔留在了羊群中。

背着魔尸的二太子听了这个故事，不禁赞叹道："好一只聪明的兔

子！"话音刚落，口袋里的神仙又不见了。二太子只好第十一次返回檀香树下，再去背魔尸。

归途中，神仙又给他讲了下面的故事。

第十二章　特古斯·胡其图汗和他的情人

从前有一个地方叫布胡希·希胡日图，这地方有一个年轻的汗叫特古斯·胡其图。他继承汗位之后，娶了一个公主为妻。他们一起生活了几年，还没有孩子，感情渐渐变疏远。后来，汗在外结识了一个情人。

不久汗死了。汗死后，阴魂不散，还以原来的模样去会自己的情人。情人不知道汗已经死去，就让他进了屋子。

"我们一起进汗宫逛一逛吧。"汗对情人说，并领她出门向汗宫走去。他们来到汗宫门口，汗的情人听到宫中传出一阵阵念经声、铙钹声——宫中正在为汗举行追悼仪式。她十分惊异，就问汗："这是什么声音？"

"我昨天死了，喇嘛正在为我念经呢。"

情人大为惊愕，以为汗发疯了，就说："你现在不正和我在一起吗？"

"尽管我能和你在一起，但确实是死了。今天我来想和你谈谈你今后的生活问题。你已经怀孕了，很快就要生小孩。这孩子将要继承我的汗位。将来你在临盆时，可以去宫中找我母亲，对她说，这孩子是我的，以后汗位该归他继承。大家可能不信你的话，我可以为你提供证据。我们宫中丢了一块绿宝石，我妻子和我母亲由这件事产生了不和，互相猜疑，都以为对方把这块宝石偷偷藏起来了。你可以告诉她们，宝石落在被褥下面的毡子缝中了。"

汗吩咐完毕，就隐身不见了。

后来汗的情人感到产期来临，她就向汗宫走去，但是她不敢进去，只好挣扎到喂养大象的栏圈中，把小孩生在了那里。喂养大象的人见到这种情景，就责骂起来："你简直胆大包天，怎么竟敢跑到这里来生孩子？"

"你先别骂，快把太后请来，就说我有话跟她说。"

喂养大象的人立刻把她的话禀报上去。太后来到栏圈，汗的情人就把她和汗的关系、汗对于这个刚刚生下来的小孩的安排以及汗和她的最后一次见面的情形，如此这般，一一告诉了太后。为了证明她说的都是实话，她说出了绿宝石的下落。

太后派人去卧室中查看，果然在她说的地方找到了绿宝石，于是信了她的话，把她和孩子收留下来。

汗的情人从此住进汗宫，一心一意养育孩子。已经故去的汗不时夜间来看望她。后来，她把汗夜间来看望她这件事告诉了太后，太后要她无论如何转告汗，来看看他可怜的母亲，哪怕见一面也好。

下一次汗来看望情人时，情人要他去见见母亲。汗怎么也不肯。

"你能来看我。"情人说，"为什么就不能去看母亲呢？"

"要去看母亲，我就得重新复活。要复活，你就得替我遭磨难。"汗说。

"我不怕遭磨难。"情人说，"只要应该办的，我就去办好了。"

于是汗对她说："离这里很远很远的地方有一座铁宫，铁宫里放着七颗人心，其中有一颗是我的。如果你能把我的心拿回来，我就能复

活，变成原来的模样。"接着，他对如何把心拿到手做了详细交代。

第二天，汗的情人上路了。临行前，她按照汗的吩咐带了一块干肉、一壶奶茶、一瓶烈酒、一捆干草，以备路上需用。

她来到汗国边境，看见邻国的卫士把守着关口，不放外人入境。不过卫士此刻正渴得要命，于是汗的情人按照汗的吩咐拿出那壶奶茶，请卫士饱饱地喝了一顿。卫士放她过去了。

走了一会儿，她看到有两只山羊挡道。这两只山羊肚子饿了，正为争抢一把干草顶架。汗的情人按照汗的吩咐拿出那捆干草，丢给挡道的山羊吃。山羊放她过去了。

她来到铁宫前面，看到有一队卫士把守着通往宫门的大道。他们的口粮早就吃光了，现在正在挨饿。汗的情人按照汗的吩咐拿出那块干肉，送给卫士们去吃，于是卫士们放她过去了。

她来到铁宫门口。这里站着一名哨兵，不放她进去。她按照汗的吩咐拿出那瓶烈酒请哨兵喝。哨兵喝得酩酊大醉，倒地便睡，她乘机钻进铁宫。

进了铁宫，来到一间大殿，殿中间放着一张桌子，桌子上摆着七颗人心。最中间那颗心是汗的。桌子周围本来还有几个小鬼在守护，但是它们以为铁宫外面有人层层把关，于是大放宽心地睡着了。汗的情人一见这种情况，急忙抓起汗的心向外溜去。

小鬼们醒来一看有一颗人心不见了，就赶紧跑到门口去问哨兵。

哨兵的酒劲还没有过去，此刻兴致很高，一听小鬼问是谁偷去了人心，便大发议论道："谁会需要一颗人心呢。你说是有人偷去了。既然偷去了，就说明偷的人有本事。因此嘛，我看也不必去追赶了。"自然，他不去追赶不是因为不必追赶，而是因为他根本不可能追赶——他连站还站不稳呢。

小鬼扔下他，急忙跑去找卫士。卫士们自然也不愿意去追赶，因为汗的情人给他们吃过干肉。那两只山羊和边境关口上的卫士也都说："我们饿了，她给干草。我们渴了，她给奶茶。我们追赶她干什么呢？还不如回去好好看护那剩下的六颗人心呢。好歹还有六颗人心可看哪。"

就这样，汗的情人战胜种种磨难，终于把汗的心拿回来了。她一走进汗宫，汗立刻就复活了，以原来的模样跟她一起去见太后。后来汗又多活了几十年。

背着魔尸的二太子听到这里，不禁高声说道："他的母亲一定非常高兴！"话音刚落，口袋里的神仙又不见了。二太子只好第十二次返回檀香树下，再去背魔尸。

归途中，神仙又给他讲了下面的故事。

第十三章　女子和她的未婚夫

在一个名叫"乌布音·其其日勒格"[1]的山谷，有一支游牧民。他们修建了一座三层的"洪桑·巴迪·萨迪庙"[2]。这座庙里塑了一座三层楼房高的洪桑·巴迪·萨迪神像。塑像披挂着富丽堂皇的衣饰，佛衣下摆有许多褶纹，一直拖到地上。庙旁不远处有一座小茅屋，茅屋里住着一家人。这家人只有三口：父亲、母亲和女儿。女儿名叫阿拉坦·阿巴盖，年已及笄，父母想给她物色一个称心的丈夫。

他们决定到洪桑·巴迪·萨迪庙中求签，想让神仙在女儿择婿方面给他们以启示，于是备了供品，就上庙里去了。

且说就在这时，有一个人从遥远的异地来到这里。这个人又穷又蠢。他本来是提着一只大箱子外出采蘑菇的，后来迷了路，左转右转，来到了这个地方。他不敢贸然向当地住户求宿，只得走进这座空旷的大庙里，躲进神像下摆中过夜。

第二天一早，也就是阿拉坦·阿巴盖父母来求神的这天早晨，他正躺在神仙下摆中。听到有人走进来，就爬起来偷偷一瞧，只见来了老两口，又是上供，又是烧香，又是祷告。再仔细一听，原来那老两口想求神仙为他们的女儿选择一个好女婿。听完祷告，他便装作神仙的口气说

---

[1] 乌布音·其其日勒格：花园。
[2] 洪桑·巴迪·萨迪庙：藏语叫作"阿里雅·巴鲁庙"。

道："谁今天头一个敲你们家的门，你们就把女儿嫁给谁好了。"

老两口一听是神仙说话了，不禁惊喜异常："这真是法力无边啊。神仙竟降福我们，对我们说了话，实在是从来没有过的事啊。"

等老两口一走，这人就从下摆中钻出来，悄悄尾随他们而去。等老两口一进家门，他就走上前去敲门："开门，开门，我来了！"

老两口立即打开门，像接待女婿一样把他迎接进去，并领他见了女儿阿拉坦·阿巴盖。阿拉坦·阿巴盖美貌非凡，他一见倾心，马上向老两口求婚。老两口自然一口答应，还把早晨求神时神仙说过的那番话又对他学说了一遍。

接着老两口拿出许多金银财宝，作为陪嫁送给女婿，女婿接过来放进他准备装蘑菇的那只大箱子里，未婚夫妇便启程到男方家里去举行婚礼。

他们来到男方住地附近时，未婚夫对阿拉坦·阿巴盖说："我们就要到家了。你在这里等一下，我先回去告诉亲戚和家仆，让他们按照我们这里的风俗出来欢迎你。"

他让未婚妻钻进大箱里，再把大箱子放进一个土坑，上面撒上一层沙子，堆成了一个沙包。安顿完毕，他便向家中走去。实际上，他家根本没有什么家仆，有的倒是他的老婆。原来这家伙早已结过婚，他现在玩弄这套结婚骗术，只不过是想害死阿拉坦·阿巴盖，夺去她的陪嫁品而已。

且说这骗子回到村里以后，逢人便说："从前我的日子过得不怎样，老是倒霉。现在可不同了，我发了一大笔财。为了把这笔金银财宝拿回来，请诸位父老兄弟们帮帮忙，先垫点钱。"

许多人并不相信他的胡扯八道，不过又想知道他到底要玩什么花招，也就解囊相助。于是他敛集到了一笔钱和许多东西。他带着这些钱财去取阿拉坦·阿巴盖藏身的那只大箱子。

然而，这时又发生了一件事。

有一支人马打猎路过阿拉坦·阿巴盖藏身的沙包旁。为首的是一位王子，身后簇聚着随从，随从们还牵着一只经过训练的猎虎。王子看见沙包，就对随从们说："我们来比比箭法吧，那沙包就是靶子！"

说完众箭齐发，纷纷射向沙包。等他们走过去拾箭时，才发现箭原来都插进了木头里，很难拔出来。于是他们扒开沙包，露出了木箱；打开木箱，看见了漂亮的阿拉坦·阿巴盖。

王子甚为惊讶，就问道："你是谁？你怎么藏到这里来呢？"

阿拉坦·阿巴盖把自己和未婚夫的情形说了一遍。王子又问道："他出身显贵吗？长相漂亮吗？头脑聪明吗？"

阿拉坦·阿巴盖回答说，自己的未婚夫既不显贵，也不漂亮，也不聪明。于是，年轻的王子说："看来，这事倒恰好成全我了。我娶你为妻，好不好？"

"好吧，我答应你的要求。"阿拉坦·阿巴盖回答说，"你把我抱上去吧，不过这木箱子可不能空着。"

她说这话的意思是让王子别把大木箱里的金银财宝拿走，相反，应该往里添点东西才好。王子却错误地理解了她的意思。他把她抱出来，把金银财宝拿出去，却把那只猎虎放了进去，然后盖上盖子，再用沙子埋好。

王子把阿拉坦·阿巴盖带回宫中，和她结了婚。

且说阿拉坦·阿巴盖的那个未婚夫来到沙包前，扒开沙子，把大木箱弄回家去。他对妻子说："这只箱子里放着一座神像。我得先跟他说好，然后才能让他跟家里人见面。你今天先离开屋子到外面去过夜，即使听到屋子里有什么声响，也不用奇怪，更不能进屋——神仙跟人见面另是一种样子。"

　　说罢，他把妻子赶出屋子，遮住窗户，锁好家门，再准备好勒死阿拉坦·阿巴盖用的绳索，一边打开箱子，一边说道："喂，请你出来吧！我们在这里先过一夜，明天再拜见家人。"

　　突然，一只饿虎从大木箱中跳出来，向这个骗子猛扑过去。骗子一见出来的不是未婚妻，而是老虎，吓得大叫起来。老虎哪管这些，扑上去就大咬大嚼起来。骗子的妻子和邻居都听到了他的惨叫声，可是谁也不敢进去，只怕打扰了他和神仙的谈话。第二天早上，当屋里再没有响动之后，妻子才好奇地打开窗户向屋里望去。不看则已，一看大吃一惊，屋子里竟蹲着一只老虎，遍地是丈夫的白骨。

　　几年过去了。阿拉坦·阿巴盖和王子生过三个孩子，都夭折了。王子的仆人看到王子后继无人，便抱怨起来："我们王子真不该跟这个从沙包中找到的来历不明、养不大儿子的女人结婚。我们应当把她除掉，这样王子才能另娶一个妻子。"

　　阿拉坦·阿巴盖听到这些议论，便打定主意逃命回家。在一个月光明朗的夜里，她从汗宫中偷跑出来。

　　她快到故乡时，遇到了一个年轻小伙子。小伙子问她是什么人，她把自己的遭遇一一告诉了他。小伙子听了以后，高兴地说："啊！原来你是我姐姐呀！我是你出嫁那年生的。父母常常对我说起你。他们现在还健在，我们一起去见二位老人吧。"

阿拉坦·阿巴盖跟着弟弟爬上山头，便看到山谷中的故乡和那座神庙。不过那庙不像从前那样破旧，而是修葺一新。她的家也变了样子。她问弟弟道："这是怎么一回事？"

弟弟说，他发了财，重新修缮了房屋和庙宇。

父母一见阿拉坦·阿巴盖归来，十分高兴。后来听她说到自己偷跑回家的缘由，便安慰她说："他们说你来历不明，那是胡说八道。得给他们点颜色看看，让他们也知道咱家显贵豪华不比你那个当王子的丈夫差。"

于是她的父母打发仆人到王子那里，请王子来岳父家做客，并告诉他，妻子现在正住在娘家。王子自打妻子离家以后，十分焦急。现在一见妻子家里来人请他，便马上去见岳父岳母。他在岳父家受到了热情款待，还得到了许多贵重礼品。王子住了几天，打算回家，阿拉坦·阿巴盖劝他再待几天，后来见他执意要走，便说："那你先回去吧。我住到阴历十五，敬神以后就回去。"

王子走后第二天早晨，阿拉坦·阿巴盖醒来一看，不见父母弟弟在家，家里的豪华陈设也不见了。她走出去再仔细环顾，只见自己住的还是做闺女时住过的那间小茅屋，茅屋旁的那座洪桑·巴迪·萨迪庙依然如故，只是更加破旧了。

这时她才恍然大悟：父母早已去世，弟弟也是假的 —— 那是洪桑·巴迪·萨迪神显灵，化作人身，来为她成全好事的。

阿拉坦·阿巴盖谢过真神，动身返回汗宫。她来到汗宫门前时，受到了王子及其仆从的盛大欢迎。虽说她衣着简朴，步行而来，但在众人看来，她却富丽堂皇，竟比带着随从还要威风百倍！

　　背着魔尸的二太子听到此处，不禁开口插话："洪桑·巴迪·萨迪神救苦救难，实在英明无比！"他话音刚落，口袋里的神仙又倏地消失了。他只好第十三次返回檀香树下，去背魔尸。
　　归途中，神仙又给他讲了下面的故事。

第十四章　牛头人

　　从前，在一条弯弯曲曲的大河岸边住着一个修行和尚。他的全部家产只有一头母牛。有一天，这和尚忽然想到，附近既没有人烟，又没有畜群，自然也就没有公牛可以跟他的母牛配种；到几百里以外的地方去求别人的公牛配种吧，自己又没有盘缠；这样一来，他的母牛就没法怀孕了。

　　"结果，我会落到没吃没喝的境地——没有奶酪，没有牛奶。"他悲哀地想。想来想去，他决定自己去跟母牛交配，看母牛能生下个什么东西来。

　　母牛产犊的月份来临，他手执花枝在母牛身旁守护起来。他一边等待，一边想着：母牛到底会生出个什么东西来？千万可别生出怪胎，让人笑话啊。结果，母牛真的生出了一个怪胎：身子像人，首尾像牛。和尚一见，心中不安起来，决定做一张弓箭把怪胎射死。谁知怪胎却开口用人话说道："爸爸，您别杀我。天生我材必有用，将来我会感谢您的。"一边说，一边跪倒在和尚面前。和尚生了恻隐之心，也就饶了怪胎一条性命。他还给怪胎起了一个名字，叫蛮赛克，就是牛头的意思。

　　过了一些时候，蛮赛克对和尚说："由于您在深山河滨独自修行，才生出了我蛮赛克。我想，在别的高山大林中也会有像我这样生于无名自然力的人，我很想去会会他们。"

和尚放他走了。果然，在一座森林里他遇到一个黑人。这是檀香树生下的。他叫伊德日·达古里斯胡。蛮赛克对黑人伊德日·达古里斯胡说："我们交个朋友，一块儿往前走吧。"

他们俩一道来到一个杂草丛生、荆棘遍野的地方，遇到一个蓝人。这是植物生下的。他们问他叫什么名字，他回答说："我也叫伊德日·达古里斯胡。"

蛮赛克对蓝人伊德日·达古里斯胡说："我们交个朋友，一块儿往前走吧。"

他们三个一道来到一座琉璃山下，遇到一个白人。他是琉璃山生的，也叫伊德日·达古里斯胡。大家跟他交了朋友，四个人一起朝前走去。

最后，他们来到一个偏僻的河口，看到一座房子。走进房子，看到里面有牛奶，有各种各样的吃食，还有许多海努克[1]。他们决定在这座房子里住下来，一起过日子。每天三个人出去打猎，一个人留下来做饭，一天轮换一次。

第一天留在家里做饭的是檀香树生的黑人伊德日·达古里斯胡。他正在做饭，忽然听到门外有什么东西在用牙齿啃门板，一边啃一边发出"哎哎——嘿嘿——"的声音。他开门一看，原来是一个半尺高的女人，身上背着一个驴粪蛋大小的包袱。

黑人伊德日·达古里斯胡把她请进来，用做好的饭菜招待她。谁知她吃了一口，房子里所有的吃食便连同她一起都消失不见了。黑人伊德

---

[1] 海努克：牦牛和普通牛交配生的牛犊。

日·达古里斯胡十分尴尬，他担心同伴们会埋怨他。

"我该对同伴们说些什么呢？又该让他们吃些什么呢？"

他冥思苦想，信步走出屋子，绕着房子转悠起来。忽然脚下碰到一只马蹄子。他抓起马蹄子，就在房子周围遍地印上马蹄痕迹。然后又削了一支箭，用箭在房壁上到处乱戳了一通。等同伴们打猎归来，他就胡诌说，不知从什么地方来了一百个骑马的人，他们放了一通箭，把所有的吃食全抢走了。

"我费了好大的劲儿，才把他们打退。"他吹牛说。

好在伙伴们猎获的野味很多，海努克牛还在，可以挤些牛奶，这样，失去的吃食又补上了。

第二天，另一个伊德日·达古里斯胡留在家里做饭，也发生了这样的事情。他给那女人吃东西，结果屋里的所有食物又都消失了。他找到一只牛蹄子，在房子周围地面上印了许多牛蹄印子。同伴们归来以后，他也胡诌说："来过一百个骑牛的人，把所有的食物都抢走了。我费了好大劲儿才把他们赶走。"

第三天，第三个伊德日·达古里斯胡留在家里做饭，又发生了这样的事情。他找到一只驴蹄子，印了许多驴蹄印子，把事情遮掩过去了。

最后轮到蛮赛克做饭，那个女人又来讨饭吃。蛮赛克想："会不会发生什么事呢？得考验考验她才行。"

他偷偷在水桶上凿了一个洞，对那女人说："你先去提一桶水来，我再给你饭吃。"

那女人解下背在背上的包袱，就出门提水去了。

蛮赛克偷偷朝外面看去，只见那女人越往远走，身子就变得越大，最后变成一个巨人。她打上水往回走时，越往近走，身子就变得越小，走到房子跟前，又变成半尺高的小人了。她走进屋里，对蛮赛克说道："我没有提回多少水，全漏光了。"

桶里确实只剩下一点点水了。

"你再去一趟吧。"蛮赛克说，"再提这么一点儿，也就够了。"

那女人又去了。蛮赛克趁此机会急忙打开她的包袱，看到里面有三样东西：一根人筋编成的绳子，一把木锤，一把木钳子。这三件东西都有魔力，必要的时候绳子可以变成铁链子，木锤能变成大铁锤，木钳子能够变成大铁钳。蛮赛克把这三样东西从包袱中拿出来，放在一边；把另外三样东西——用破布条编的一根绳子，用木头做的一把锤子和一把钳子放了进去。这包袱皮儿原来也有魔力，可以把东西变大，但不能变成铁的。

蛮赛克刚调换完毕，那女人就提水回来了，又要求给她饭吃。蛮赛克对她说："我们两人怎么个吃法呢？还是等我的同伴回来一起吃吧。他们很快就要回来了。"

"不过我们干坐着也没有意思。"女人说，"让我们来玩玩吧。"

"好吧。"蛮赛克答应道，"那我们该玩什么呢？"

"我们这么玩吧：我先用绳子把你的手捆住，你用劲把它挣断；然后你用绳子把我的手捆住，我再用劲把你的绳子挣断。"

"好吧。"

那女人从包袱中拿出绳子，把蛮赛克的双手捆住。

"你挣断吧。"她冷笑一声说道。

蛮赛克稍稍一挣，就把破布条编成的绳子挣断了。然后他说："现在该我捆你了。"

他拿出那根用人筋编成的绳子，把那女人的双手捆住了。女人用尽全力挣扎也没有把绳子挣断，只好求蛮赛克给她解开。蛮赛克边解边说："让我们换个玩法吧。"

他拿出木钳子来。

"我们这样玩吧。"那女人一见木钳子，便说道，"我用我的木钳子把你的手夹住，你使劲往出挣。如果你挣出来了，就用你的木钳子夹我，我来挣脱。"

她说着就用木钳子把蛮赛克的手夹住。蛮赛克一挣，就把她的木钳子弄坏了。

"现在该我夹你了。"他拿出从那女人包袱中调换出来的木钳子把她的手夹住了。那女人挣来挣去，扯掉一块肉才挣脱出来。

那女人虽然有点吃惊，但是还想继续玩下去。她拿出木锤说道："我用这锤子敲你的头，如果你头上起了包，就算我赢了。如果没有起包，你就用你的锤子敲我。"

她挥起锤子朝蛮赛克的头上敲去，锤子把断了，蛮赛克头上也没有起包。

于是蛮赛克拿出自己的木锤，一挥，变成了铁锤，朝那女人的头上一敲，那女人便头骨破裂，脑浆迸溅。她高叫一声，抱头逃窜。路上留下一道血迹。

不一会儿，三个伙伴打猎回来了。蛮赛克对他们说："你们三个全是撒谎骗人，什么一百个骑马的人呀，一百个骑牛的人呀，一百个骑驴的人呀，什么把我们的东西都抢走了呀，通通胡扯。来过我们这儿的原来是个半尺高的小女人。"

接着他便把刚才发生的事情以及那个女人受伤的经过都讲给伙伴们听。伙伴们听过之后，个个羞惭满面。后来他们说："让我们寻找这个怪女人去吧。"

他们一起寻着血迹走去，走呀走呀，走到一个地洞口。这地洞又大又深，足足能放十八个人。仔细望去，里面空空荡荡，只放着一具女巨人的尸体。蛮赛克一瞧，便认出这就是他用锤子敲过的那个女人。他说："我们应当下到地洞里，看那里还有什么别的东西。"

同伴们都说："我们可不敢去。"

于是，蛮赛克决定让同伴们用绳子把他吊下去。到了洞底，他在沟沟岔岔里找到许多金子、银子、红绿宝石。他把这些发现告诉了地面上的同伴们，并喊道："喂，你们用绳子吊下一件家具来！"

同伴们用绳子拴上一只筐子吊下去，把洞里的金银财宝都吊了上来。最后该往上吊蛮赛克了，他们却商量道："我们可不能让他上来。他一上来，就会把大部分财物分去，因为这些东西是他发现的。还是让他留在洞里的好。"

他们拿起财宝走掉了，蛮赛克却留在洞里没人管。他气愤极了，心想："这些人真坏。我让他们发了财，他们却以怨报德。现在我该怎么出去呢？"

他在地洞里找到三粒种子，埋在土里，浇上一泡尿，心想："只要苗儿长出来，我就有吃的了。"后来，又困又忧，他竟躺在那具女尸身上睡着了。那女人原本很有魔力，因此她的尸体也非同一般，人一挨着，便会将精力消耗掉，蛮赛克得了嗜睡病，一觉睡了七年。他再醒来时，那女尸已变成一堆白骨，三粒种子也长成了三株大树。

"我这一觉睡得太久了。"他想，"不过这也好，大树长成了，我也总算有了出洞的可能了。"

他用一只袋子装了那女人的尸骨，缘着大树爬出洞外，终于重见天日。他去找往昔和三个同伴住过的房子，找到一看，房子已经破烂不堪，里面既没有食物，也没有海努克牛，更没有人影，只有他的一张弓还挂在墙上。这张弓重得像铁造的一样，紧得谁也拉不开，只有蛮赛克一个人能用，所以，他的同伴没有带走。他从墙上摘下弓，带在身上，离开故居上路了。

他来到一处地方，看见有三座宫殿，便走进第一座宫殿中。从里面迎出一个女人，对他说，她丈夫伊德日·达古里斯胡不在家，打猎去了。他走进第二座宫殿，走进第三座宫殿，也是这样。于是他明白了，他的那三个卑鄙的伙伴原来就住在这里，造了宫殿，还结了婚。蛮赛克本是一个心地善良的人，他并不想对他们进行报复，但也想吓唬他们一下。因此，当那三个家伙打猎归来时，他便张弓搭箭，做出一副跃跃欲射的样子。那三个家伙在老远的地方一见是他，连忙跪倒在地上，大声恳求道："饶了我们吧，蛮赛克。财产、宫殿都归你，只要饶我们一条命就行。"

蛮赛克饶恕了他们。他说："我根本不需要你们的家产，我要返回故乡去找我的生父，一则感谢他让我出世成人，二则陪伴他度过晚年。"

他说罢，告别了同伴，上路了。走了一段时间，他在河边碰到一个美丽的姑娘。

"你是谁呀？"他问道。

"我是霍日穆斯图[1]的女儿。我的父兄就住在离这里不远的山上。我们都是神仙。到我们家看看吧。"姑娘说。

他们一起来到霍日穆斯图家，霍日穆斯图一见面便说："噢，蛮赛克来了！"

"我这名字是什么意思呢，霍日穆斯图？"

"是'牛头'的意思，藏语叫'朗古'。我们早就等着你来了。你知道，我们是神仙，自古以来就跟魔鬼进行斗争。魔鬼中最厉害的是芒古特。他的全部力量化作一头白鼻梁黑公牛，我们的全部力量化作一头白公牛。两头公牛一早一晚都要争斗一场，可是至今仍分不出胜负。你来了就好了，请你助我们一臂之力，用箭射死黑公牛，射的时候一定要射它的白鼻梁。"

第二天一早，两头公牛开始相斗，蛮赛克出来助战，一箭射中黑公牛的白鼻梁。黑公牛身负重伤，流血不止，落荒而逃。蛮赛克胜利回营，去见霍日穆斯图。霍日穆斯图甚为感激，对他说："留下吧，蛮赛克，和我们一起生活吧。"

蛮赛克却说："不，我得去找我的生父。我已经耽误了许多时间，单在地洞就睡了七年。"说着，他便将那段经历讲给霍日穆斯图听。

霍日穆斯图听过之后说："好吧，那你去吧。不过你小心别迷路。你要路过一座森林，森林中有许多岔道，有一些岔道是通向魔鬼住地的。我这里有七粒具有魔力的种子，你可以拿去。如果你遇到危险，就

---

[1] 霍日穆斯图：天神。

把它们撒下去，即使有四粒失去效果，还有三粒会起作用。只要有三粒起作用，你的身体就不会完蛋。"

蛮赛克收下这七粒种子，上路了。他路过森林时，果真迷了路，误入了一个山洞。山洞中躺着一个病人，头上插着一支箭。蛮赛克认出那支箭是他射出的，于是猜到这病人一定就是前些时候化作黑公牛同白公牛争斗的芒古特。芒古特见他来到，便问："你是什么人？"

"我是'鄂莫奇'[1]。"蛮赛克回答。

"那就帮我把头上这支箭拔出来吧。"

蛮赛克走到芒古特跟前一看，那箭已经扎进脑子里去了。他便说："要拔，还不能一下子全拔出来，得拔一截，等一等，待里边愈合了，再往外拔。"

说着，他便往外拔了一截。芒古特觉得轻快了一些，便说："啊，我感到舒服一些了！"

过了一段时间，蛮赛克又给他往外拔了一截，然后乘芒古特不注意，突然用尽全力把箭朝里推去，芒古特当下便一命呜呼了。

就在蛮赛克给芒古特治病的这段时间里，芒古特已经悄悄地偷去了蛮赛克那只装女尸骨骼的口袋。那女尸原来正是芒古特的老婆。"芒古特"偷去之后，又让她复活了。芒古特死的时候，她不在身边。正当蛮赛克要离开山洞时，她回来了。一见丈夫死了，立刻气势汹汹地叫道："他死了，你也活不成！"

那女人说着腾空而起，向蛮赛克扑来。蛮赛克急忙一箭射去，箭射

---

[1] 鄂莫奇：医生。

高了，从洞口飞出去，直落到霍日穆斯图脚下。霍日穆斯图立即预感到蛮赛克面临魔鬼妖妻的威胁，于是顺着箭飞来的方向抛下一只天梯。蛮赛克急忙抓住天梯爬上去。老妖婆也跟着扑上去，抓住天梯的末端，向蛮赛克使劲打去，把蛮赛克拦腰打断，下半截落在地上。蛮赛克立刻把霍日穆斯图给他的七粒种子抛出去，他的身体又长在了一起。但是，从此他再也不能在地上过日子了，只能待在天上，于是就留在天上了。

二太子阿木古郎·雅布达勒图听到这里，不禁叹息道："蛮赛克最终也没有见到他的生父，不能感谢他的生育之恩了。"他的话音未落，口袋里的神仙便消失不见了。他只好第十四次返回檀香树下，去背魔尸。

归途中，神仙又给他讲了下面的故事。

第十五章　神锤

从前，印度东南部有兄弟俩，老大的日子过得不太富裕，以干木匠活为生。老二倒很富有，却很吝啬，在哥哥遇到困难的时候从来不肯出手帮助。

有一天老二大摆宴席，宴请亲朋好友，唯独不请哥哥。嫂嫂对此十分恼火。她对丈夫说："你真不识羞耻，人家把你这个哥哥小看到什么地步了！落到这步田地，简直不如死了好！"

接着，她就没完没了地数落起丈夫来，说他既无能又卑微。虽说责任不在自己，可是在妻子的数落下，他也觉得，再这样苟且下去实在窝囊。绝望之下，他打定主意去寻死。

他提了把斧子，拿了根绳子，弃家而去。他昏昏沉沉，不知走了多长时间，最后来到一个悬崖下。看到悬崖，他突然想，从悬崖上跳下去倒是一个死法，于是向悬崖爬去。可是爬到半山腰，再也爬不上去了，山顶太陡了。他只好停下来考虑，该怎么办才能爬上这座让他死起来最方便的悬崖——是搭梯子呢，还是砍出台阶来？他正在寻思着，突然听到悬崖顶上传来一阵说话声，声音很低，但十分悦耳，犹如音乐一般。原来是太阳仙子们在交谈。

"算了吧，我们玩腻了。"只听得一位仙子说道，"现在我们该吃饭了。吃完饭，我们好好打扮起来，飞到我们公主那儿去过节。"

说着，另一位仙子从石头缝里取出一条口袋，从口袋里掏出一把锤子，一边用锤子敲打口袋，一边口中念念有词："喂，给我们吃的吧！"

接着，她从口袋里掏出各种酒饭，仙子们便大吃大喝起来。吃喝完毕，那位仙子又用同样的办法从口袋里掏出各种华丽的衣服，分给每个同伴。太阳仙子打扮完毕，把那只口袋藏到原处，就一起愉快地飞走过节去了。

仙子们飞走以后，那可怜的老大想方设法爬上悬崖，从石头缝里找出那条口袋。他从早上离家到现在，什么也没吃，正饥肠辘辘，实在难忍，于是，从口袋里掏出各种酒饭，阔阔气气地吃喝了一顿。吃喝完毕，他把口袋揣进怀里，从悬崖上爬了下来。至于原先爬上去要寻死的事，他想也不想了。

老大回到家里，从口袋里给妻子掏出种种吃喝、种种穿戴。妻子一见，大为欢欣。她一面惊异地瞧着这只神奇的口袋，一边听丈夫讲仙子们的故事。由于得到了这只口袋，夫妻俩生活得无忧无虑，连木匠活也停业了。

老大生活中出现的这番变化，不会不引起老二和他妻子的注意。老二夫妇甚为惊奇，妻子说："得去盘问盘问他，看他的钱财是哪儿来的？该不是从咱家或者邻居家偷去的吧？"

老婆纠缠个没完没了，弄得老二没办法，只好跑去盘问老大是怎样发财的。

老大觉得跟自己的弟弟没什么可隐讳的，便把事情的前前后后都告诉了他。老二听了，回家告诉了妻子。老二妻子心中妒火燃烧，立刻打发丈夫去寻找那座悬崖，看还有什么类似口袋之类的宝贝留在那里。

"你哥哥是个懒虫。"她说，"他很可能没有仔细搜寻过那块地方。你赶快去看看吧！"

老二只好去寻找悬崖。他找到了那座悬崖，也看到了那些仙子，还看见有一个黑鬼在陪伴着仙子们。鬼素来与人为敌，因此，他马上就感觉到有人来了："等一等，这里有生人味。很可能是那个偷走了我们口袋和锤子的家伙又来了。"

"杀死他！"有几个仙子高声说道，并把战战兢兢的老二围了起来。另外几个仙子不赞成杀掉，她们说："杀掉不好，杀掉太便宜他了。最好把他弄残废，好让他在众人面前不敢露面，这样，才能促使他改恶从善。"

仙子们决定把老二的鼻子揪长。一位仙子把他的鼻子揪长了半尺，又在鼻子头上拴了一根绳子，揪了六次。最后，黑鬼上来又揪了半尺，结果老二的鼻子一直拖到了地上。

他只好捂着脸跑回家去。妻子问他找到了什么，他气急败坏地拿开双手，回答说："我找到了一个长鼻子——听了你的主意，我被仙子们逮住揪长了鼻子。以后我可怎么见人呀！全怨你！"

妻子一见他这副怪模样，吓得拔腿就跑。老二急忙拉住她，恳求她不要抛弃自己，最好帮他想办法把这副怪样子治好。

妻子想起当地有一位学识渊博的喇嘛，能包治百病，于是打发人把这位喇嘛请了来。

喇嘛来了，问老二道："你怎么老捂着脸呀？"

老二一边拿开双手，一边回答："你看看吧，这成什么样子了！请你想办法把我这副丑八怪样子治好吧。"

喇嘛一见这副尊容，转身就要逃跑。幸亏老二妻子眼疾手快，一把拖住喇嘛。她苦苦哀求，请喇嘛无论如何要为她的丈夫想想办法。

"唉！"喇嘛说，"我可从来没治过这种病呀。让我查查魔法书再说吧。"

喇嘛查了半天，查到了一处记载，便念道："你哥哥有一把锤子。用这把锤子轻轻敲击你的鼻子，就可以把你这副怪模样治好。除此一招，世上再没有别的办法了。"

老二的妻子立即跑去找老大，诉说了丈夫的遭遇，央求借锤子用一用。老大还在气头上，一听弟媳的话，便说："我知道你们俩的诡计，你们是想把我唯一的宝贝骗去，让我断绝生计。这锤子，我不借！"

但是他禁不住弟媳的眼泪和哀求，心肠软了，最后还是把锤子别在腰带上，随她一起到了弟弟家。

他用锤子轻轻敲了一下老二的鼻子，老二的鼻子就缩了半尺；再敲一下，又缩了半尺。敲了两下以后，他停下来说："我不能白为你治病。你得立个字据，你把一半家产分给我，我才能继续为你治病。"

老二没有法子，只好立了字据。于是老大继续轻轻用锤子敲击老二的长鼻子，敲一下鼻子缩半尺。等老二的鼻子还剩半尺长的时候，他妻子突然喊叫道："不行，我不同意把一半家产分给你哥哥！"

老大一听，便平静地把锤子别在腰带上，扔下鼻子还有半尺长的老二，向自家走去。老二妻子一见这种情况，立刻跑去追赶。在快到老大家的路上，她赶上老大，趁老大不防备，抽出别在他腰带上的锤子，返身奔回。老大急忙追赶。

老二的妻子一进自家门，便使劲挥起锤子朝丈夫敲去。谁料想，锤子砸歪了，竟砸在丈夫的脑门上。老二头破血流，立即倒在地上，死了。结果，老大得到的，不是一半家产，而是全部家产。

　　背着魔尸的二太子阿木古郎·雅布达勒图听到这里，不禁慨然叹道："这女人也太贪婪、太小气了！为了一半家产，竟送掉了丈夫的性命。对蠢人的惩罚有点过分严厉了。"口袋里的神仙应声说道："对你这个蠢人也应该严厉惩罚才行。"说完，便消失不见了。二太子只好第十五次返回檀香树下，去背魔尸。
　　归途中，神仙又给他讲了下面的故事。

第十六章　"阿布日希哈"

从前，在印度西南部有一位名叫特古斯·必力克图的汗。特古斯·必力克图汗有一个儿子。汗决定把儿子送到奥其尔·普苏里城中的一所学校去上学，学习各门科学和哲学知识。同汗的儿子一起去上学的，还有一位大臣的儿子。汗一并付给他们路费和学费。这两个孩子来到学校以后，各自选定教师，开始学习起来。过了十二年，他们都毕业了，要求学校准许他们返回故乡。学校同意了，于是他们一起踏上归途。

有一天，他们路过一处缺水的地方，而随身携带的水囊又空了，渴得要命，只得寻找个阴凉地方，躺下来歇息歇息。这时，突然飞来一只乌鸦，呱呱地叫起来。小王子一见这种情景，立即跳起身来，对大臣的儿子说："赶快起来赶路。"

"我们累得要死，渴得要命，还要往前赶路干什么呀？"

小王子告诉他："不对。刚才飞来的那只乌鸦恰恰告诉我们说，前面五百步远的地方有水。"

他们向前走去。果然在前方五百步远的地方看到了一眼清澈的泉水。两人饱饮了一顿，又将水囊灌满，然后好好休息了一阵，又动身赶路。

谁料，这件事竟在大臣之子的头脑里勾起一个坏主意。他想："这是怎么回事呢？我们都学了十二年，都交了同样的学费，为什么小王子竟懂得鸟语，我却不会呢？看来，我将来要吃亏。"他心里对小王子充满了嫉妒，决定把小王子除掉。

夜幕降临以后，小王子建议在山谷中过夜。心怀恶意的大臣之子却不赞成，他说："在山谷中过夜，会受到野兽的袭击。我们不如爬到山顶上去过夜。"

爬到山顶上，大臣之子竟在一个隐蔽之处偷偷害死了小王子。小王子临死之前只说了一个词：阿布日希哈。

且说特古斯·必力克图汗听说儿子从学校毕业要返回家乡，就派大臣率领卫队前去隆重迎接。但是他们迎接到的只有大臣之子。

"我们的小王子哪儿去了？"大家问道。

"他在路上死了。"大臣之子回答说。

特古斯·必力克图汗一听说儿子死了，十分悲痛："既然儿子已经死了，我的权力、财富，所有的一切，还有什么用呢？"

他命令将大臣之子带上殿来，仔细询问儿子临死前的情形，还问，儿子临死前说了些什么，给父亲留下什么话没有。

"他什么也没说。"杀害小王子的大臣之子回答说，"他当时疼得要命，一句话也说不出来。只是临咽气时说了一个词——阿布日希哈，也不知是什么意思。"

特古斯·必力克图汗同样不知道这个词是什么意思。他把全国所有的大臣、智者、学者共六千人都召来询问，大家听到这个词之后，也都不明其意，只能无可奈何地你瞅瞅我，我看看你。学者、智者翻遍了所有的圣书，占卜人用尽各种方法占卜，依然毫无结果。于是特古斯·必力克图汗大发雷霆道："我给你们六天期限。如果在这六天中还解不出这个词的意思，我就把你们通通处死！"

汗下令把这六千人一齐关入狱中，让他们冥思苦想。这些人简直绝望至极；有的不住地祷告，有的为家小哭泣，只有一个年轻人特殊，既没有祷告，也没有哭泣。他筹谋了一个越狱计划。第四天夜里，他便从狱里逃了出去。这个年轻学者一路上急急如奔丧之人，不停地逃窜，经过一夜又一天的奔跑，第五天晚上来到一棵枝叶茂密的大树下，坐下来，喘着气。

正在这时，突然从树顶上传来说话声。只听得一个细声细气犹如孩童般的声音在向什么人乞讨吃的东西。另一个男子汉的声音回答说："等等吧。明天，关在汗的监狱里的那六千人就要通通被处死了。他们的尸体多的是，足够我们吃的了。"

孩童的声音还在求食。于是，又有个女子的声音大声呵斥道："我不跟你说了嘛，等明天就有吃的了——要处死六千人哪！"

"为什么要处死这么多人呢？"

"因为他们不能为汗解出'阿布日希哈'这个词的意思。"

"那这个词是什么意思呢？"

"这个词嘛——"那女子的声音说，"意思很简单，就是'害死我的是我的朋友和同伴'。"

原来，说这话的是三个鬼。那年轻学者一听"阿布日希哈"这个词的意思有了答案，就急忙连夜拔腿往监狱赶去，跑到监狱门口，狱卒不放他进去。

"你怎么跑到这里来了？你是什么人？"

年轻学者只好承认，他是昨天有要事才越狱出去的，明天当和众人一起向汗做个交代。于是，狱卒便放他进去了。他走进狱中之后，将他遇到的一切讲给大家听，并将"阿布日希哈"的含义告诉了大家。

　　第二天，他们被带去见汗。大家把"阿布日希哈"一词的含义报告给汗。汗当下就猜到了，杀害儿子的凶手是大臣之子。

　　汗命令大臣之子上殿，对他说："你带几个士兵去把小王子的尸骨起回来，因为只有你知道他的埋葬处。"

　　大臣之子只得完成特古斯·必力克图汗的命令。汗见到小王子的尸骨运回，为他举行了隆重的葬礼，同时把杀害他的凶手——大臣之子——处死了。

　　背着魔尸的二太子阿木古郎·雅布达勒图听到这里，不禁插嘴说道："这就是卑劣行为的下场啊！"他的话音刚落，口袋里的神仙又消失不见了。他只好第十六次返回檀香树下，去背魔尸。

　　归途中，装在口袋里的神仙又给他讲了下面的故事。

第十七章　贪食的老头和他的妻子

从前，印度北部住着老两口。老头儿名叫"玛很·都日泰"[1]，老婆婆名叫"陶松·都日泰"[2]。他们有九头奶牛，每年都产犊，可是牛犊子在一年之内都让老头儿吃光了，老婆婆只好以吃奶食品为生。年岁越大，老头儿变得越馋，九只牛犊已经不够他一年吃的了。

有一次，他一连好长时间没有吃到肉，心想："九头奶牛也罢，八头奶牛也罢，差不了多少。"于是宰了一头奶牛，煮着吃了。过了一段时间，老头儿又想："八头奶牛，七头奶牛，也一个样。"他又宰了一头奶牛。这样，过了两三年，他们只剩下一头奶牛了。老婆婆再也不让老头儿把这最后一头牛宰掉，因为再宰她就什么吃喝也没有了。即便如此，一头牛的奶食也不够他们吃喝的，老婆婆只好常常去讨吃的。

有一天，老婆婆又出去讨饭。老头儿整整一个月没吃上肉，趁老婆婆不在家，把最后一头奶牛宰掉了。一部分肉，他放起来准备以后慢慢吃；一部分肉，当时就下了锅，关起门煮起来。至于牛的乳房，他给老婆婆留在院子里了。

老婆婆回家来，一见满院狼藉，便急忙敲门。老头儿回答说："别打扰，我正在吃肉呢。你不是好喝牛奶嘛，牛乳房还在院子里，你去挤

---

[1] 玛很·都日泰：爱吃肉的人。
[2] 陶松·都日泰：爱吃油的人。

奶吧。"

老婆婆一听，痛哭起来。她想，丈夫竟把最后一头奶牛也宰掉了，跟这样的人实在无法再生活在一起，于是捡起牛乳房，走出院门，去过流浪生活了。

老婆婆来到森林，在那里走了很长时间。走着走着，抬头一看，前面远处隐隐约约有一头牛在吃草，样子很像早上被老头儿宰掉的那头牛。她走过去一看，原来是一块大石头，只不过样子像牛罢了。她失望之余，跪倒在大石头旁，伏身大哭起来。她神情恍惚，边哭边不自觉地把手中拿着的牛乳房贴到大石头上 —— 她依然把大石头当作是自己的那头牛。不料，那乳房竟有了牛奶！她试着挤了一挤，奶水还很旺。老婆婆认为这是天意，就叩头感谢苍天，而后就在这里定居下来。她每天挤这石牛的牛奶，除自己喝之外，还有剩余，老婆婆便熬出黄油，积攒起来。

她把黄油积攒得装满一口袋后，不觉想起了自己那个可怜巴巴的老头子："可怜的老头子，他的日子过得怎么样了？"

她想去看望他，又不想跟他见面 —— 怕他知道她的住处。于是她决定夜间回家一趟，她来到家门口，把黄油口袋从烟洞扔进去，自己就悄悄地离开了。

第二天早上，老头儿一觉醒来，看到那一口袋黄油，立即就猜到是老婆婆送来的。他想："看来，她的日子过得蛮不错，还有奶牛呢。瞧，光黄油就有这么多！"于是他走出门来，沿着脚印，出发寻找老婆婆。他一直寻到石牛跟前。老婆婆一望见他来了，就急忙跑开藏起来。老头儿找不到老婆婆，就绕着石牛走了一圈，看到石牛身上那只乳房肉的，就割下来，煮着吃了。他见老婆婆没有踪影，就离开森林回家去了。

老头儿走了以后，老婆婆才露面。她一看，老头儿割掉了石牛的乳房，断绝了她最后的生计。她趴在石牛身上痛哭一场，收住眼泪，离开这里，又去流浪了。

她来到一个地方，遇到一只猫，抱起来一看，长着乳房；一挤，奶水还很旺。于是老婆婆便留在这里，以喝猫奶为生，又积攒了一些奶油。她心地十分善良，过了一段时间，又决定给老头儿送一口袋奶油，还是从烟洞中扔进去的。结果，老头儿又沿着脚印寻来，把她的猫奶割下来煮着吃了。老婆婆又被断绝了生计，只好离开该地。

她来到一个大山洞，发现里面堆着一堆兽肉，地上扔着许多兽骨。她猜想，这里一定有人居住，于是拿少许兽肉充饥，然后躺在角落里的干树枝上，盖了点茅草，等待主人回来。等着，等着，她竟睡着了。

原来，这山洞中住着一只老虎和一只兔子。老虎每天出去打猎，兔子留下来看守山洞。现在兔子跑进了山洞，它立即就发现有人来了。兔子走到堆在角落的干柴跟前，看见有个老婆婆睡在那里，就没有打扰她。傍晚，老虎也回来了，它吸了吸鼻子，问道："为什么这里有生人味？难道这里有人来过吗？"

兔子告诉它说，有个老婆婆睡在角落里。

老虎说："好哇！我马上就把她吃掉好了。"

兔子求它不要吃掉老婆婆："你不吃她，也不会挨饿的。就让她在我们这里住下来好了，还可以帮我们看看门什么的。我整天守山洞也守腻了，有时候很想出去活动活动，吃点新鲜的山果。"

老虎听从了兔子的劝告，饶了老婆婆一条命，让她住在山洞里。

老婆婆的日子过得很不错，肉食很多，因为老虎每顿饭要剩下很多肉块。有一天，她又想起了老头儿："要是我给他送块肉去，他肯定会高兴的，大概他很长时间吃不上肉了。"于是她背了一块肉，给老头儿送去，又像以往那样从烟洞扔进去。老头儿一见到肉块，大为高兴，心想一定要找到老婆婆，跟她生活在一起，好每天大口吃肉。他收拾收拾，上路了。

过了几天，他来到了山洞。老婆婆一见老头儿来了，十分恐慌，对他大叫起来："快离开这儿，快离开这儿，这儿是老虎住的地方。它要是回来，就会吃掉你的！"

"怎么会这样呢！"老头儿不以为然地说，"它怎么不吃你，单单就吃我呢？你也太不像话了，自己每天吃肉，却想让我饿着！"

任凭老婆婆怎么说，也说服不了老头儿，最后只好听任大难临头。

老虎回来了。它一见又来了一个人，就张牙舞爪地对兔子说道："我当初就想把老太婆吃掉，你偏偏不让，这不，现在又来了一个。他们想必是要把我排挤出去。不行，我的卧榻，绝不许他人酣睡！我现在就把他们俩通通吃掉。"

说着，老虎就把老头儿、老婆婆一起吃掉了。

背着魔尸的二太子阿木古郎·雅布达勒图听到这里，又插话道："老婆婆竟然因为那个贪吃的老头儿送了命，着实可怜！"他的话音刚落，口袋里的神仙便消失不见了。他不得不第十七次返回檀香树下去背魔尸。

归途中，装在口袋里的神仙又给他讲了下面的故事。

第十八章　愚蠢的丈夫和聪明的妻子

从前，印度南部住着老两口，他们有一个傻瓜儿子。老两口给这愚蠢的儿子娶了一个富户小姐。儿子娶亲之后，依然整天无所事事，不理家政，只懂得睡懒觉，靠妻子养活过日子。妻子对此十分不满。

有一天，一支商队路过，支起帐篷，在此地休息了一天。商队离开以后，妻子到商队休息过的地方走了一趟，发现有两只老鹰翅膀。她把老鹰翅膀留在原地，回到家中，对丈夫说："你别老在家里睡懒觉了，哪怕到商队支过帐篷的地方走走也好，说不定商人会在那里留下什么东西，你可以把它捡回来。"

愚蠢的男人听了她的话，去那里找到那两只老鹰翅膀，拿回来卖给一个弓箭匠人，匠人用老鹰羽毛做了箭羽。他回到家里，把钱交给妻子，还自我吹嘘了一番。妻子佯装不知内情，也夸奖了他一番。

这样一来，傻瓜丈夫更加来劲了，第二天，便备好马，带上弓箭，又去找东西去了。他来到一座山崖下，这座山崖向阳的一侧有一块平整的场地，由于离大道不远，常有过往商旅在这里休息过夜。山崖背阴的一侧也有一块平整的场地，却是小偷、强盗的栖身之所。有时他们还趁商旅不备，下手偷盗抢掠。这两块场地之间，有一个鼠洞相通。

且说这愚蠢的丈夫来到背阴场地，把马拴好，坐等那边有商旅路过。说也巧，不一会儿真有几个商人拉着骆驼来了。商人们贩来各种货物，其中大部分是寺院喇嘛念经时用的铜号。他们从驼驮子上把铜号卸下来，放在向阳场地上，之后坐在地上，休息起来。有一把铜号的号口正好捂在鼠洞口上。藏在背阴场地的傻瓜咳嗽了一声，那声音通过鼠洞传到号口，一下子放大了许多倍。商人不知道这声音是从哪儿来的，吓了一大跳，急忙收拾货物，赶快离开了这不祥之地。仓促之间，不免遗漏下货物。傻瓜丈夫走过来收拾收拾，把商人丢下的货物驮到马背上，回到了家里。他在家对妻子吹牛，说是碰到了一群小偷和强盗，他奋力向前，夺下了这些东西。聪明的妻子了解丈夫的老底，不相信他会干出这种轰轰烈烈的事来，决定嘲弄他一番。

第二天，愚蠢的丈夫又要出门找东西的时候，聪明的妻子对他说："你今天出去留心点，别碰上好汉苏里亚·巴特尔，他会杀死你的。"

"哼，说不定他会被我杀死呢。"丈夫夸口道，"结果多半是这样，你等着瞧吧。"

丈夫前脚出门，妻子女扮男装，装扮成传说中的好汉苏里亚·巴特尔的模样，跨上骏马，后脚也出了门。她快马加鞭，绕道迎着丈夫走来。一见丈夫露面，她便弯弓搭箭，做出一副要射死他的样子。丈夫一见这种场面，吓破了胆："啊，好汉苏里亚·巴特尔。"他祈求道，"千万别杀我，我的马、弓箭都给你。"

"杀死你，这些东西我自己也会拿到手的。"

胆怯的丈夫只好继续恳求，以免一死。妻子看够了丈夫的狼狈相，便说道："好吧，我可以饶你一命，不过你得吻吻我的脚。"

丈夫只好乖乖地吻了吻她的脚。她又想尽法子把他捉弄了一番，这才缴了他的弓箭，牵上他的马，回家去了。

直到晚上，丈夫才灰心丧气地回到家里。妻子问他：“你怎么徒步回家来了，马哪儿去了，弓箭哪儿去了？”

“我当真碰上好汉苏里亚·巴特尔了。我和他赛马，赛输了，只好按规定把马和弓箭给了他。”

妻子也不去揭穿他的底细，只是抿嘴笑了一笑。

神仙讲到这儿，二太子说了一声：“好一个愚蠢的家伙！”话音刚落，口袋里的神仙便消失不见了。阿木古郎·雅布达勒图只好第十八次返回檀香树下去背魔尸。

背上魔尸返回来的路上，口袋里的神仙又给他讲了下面的故事。

第十九章　驴耳王子

从前，在蒙古南部边境地区有一个岱青汗，他有一个儿子，小名叫"伊勒吉根·奇赫"，就是"驴耳"的意思。之所以给儿子起了这么个小名，是因为他生来就长着一对驴耳朵。岱青汗对这件事讳莫如深，千方百计不让任何臣民知道，还给儿子蓄起长头发，把那两只不成体统的耳朵遮掩起来。但是，王子毕竟还得理发、刮脸，于是便出现了这样的事：每次来给王子理发、刮脸的人，一做完就被杀掉，以防暴露王子长着驴耳的秘密。

有一天，轮到一个年轻理发匠来给王子理发了。这理发匠是个独子，家中只有一个老妈妈。妈妈知道儿子去给王子理发，心知凶多吉少，儿子可能回不来了，就亲手用自己的奶汁和着白面，给儿子烙了一些小面球。儿子临行前，她告诉儿子，这些面球要在给王子理发时让王子吃掉。

年轻的理发匠进了汗宫，见到王子，开始给他理发。他按照妈妈的吩咐，一边理发，一边掏出面球吃起来。王子发现了，就问："这是什么面球啊？给我尝尝。"

王子一尝，很高兴，就说："哎哟，多么有味道啊！是什么东西做的？"

年轻的理发匠回答说是妈妈用自己的奶汁和着白面做成的。于是王子说："这么说来，我们俩就算是同乳兄弟了，我也没法再杀掉你了。不过你得对我发誓，永远不能把我长驴耳的秘密告诉任何一个人。不然，我就把你处死。"

年轻的理发匠对王子发了誓，王子把他放了。

但是，这永远不得泄露秘密的誓言却使年轻的理发匠在心理上受到很大的压力，简直成了一块心病。妈妈找喇嘛来为他瞧病，喇嘛说："这孩子得的是心病，我也无法医治。他心中隐藏着一个秘密，这秘密在折磨着他。只要他道出这秘密，病就会好了。"

他问年轻的理发匠："你说，你心中有什么秘密？"理发匠摇头不语，喇嘛只好走了。妈妈再三追问，央求，让他说出心中的秘密，同样没有结果。最后她说："要不然，你就把秘密讲给树木或者石头听吧，它们是不会泄露的。"

"这话也对。"儿子心想。

于是，他来到野外，找到一个金花鼠洞，趴在洞口喊道："我们的王子长着一对驴耳朵！"

喊过之后，他心里轻松了，心病也好了。

但是糟糕的是，当时，鼠洞中正好有一只金花鼠听到了他喊的话。这只老鼠把听到的秘密告诉了其他金花鼠，金花鼠又告诉其他野兽，野兽又告诉飞禽。于是这些飞禽走兽都喊叫道："我们的王子长着一对驴耳朵！"

后来，这秘密不知怎么又传到人间，最终传到王子本人耳中。王子一看，秘密全泄露了，大为生气，立即传令将同乳弟兄理发匠召来。

王子一见年轻的理发匠便说："你既然没有信守誓言，现在就只有一死了。"

理发匠却发誓说，他确实没有向任何人泄露过秘密，只是在心病沉重的时候，对着金花鼠洞喊过一次。

"那也没有法子。"王子说，"我得说话算话，非处死你不可。"

"要是这样，我倒有一个主意。"年轻的理发匠说，"金花鼠的耳朵无论样子还是颜色，都跟驴耳朵差不多，您可以下命令，让人们都去猎获金花鼠，然后，您可以下命令让全体臣民都戴一种带耳罩的帽子，耳罩要用金花鼠耳朵做成，什么时候也不许摘掉。这样，大家就都和您一样了。"

王子认为这个主意很不错，就饶恕了理发匠。

神仙讲到这儿，二太子说了一声："好一个聪明的理发匠！"话音刚落，口袋里的神仙便消失不见了。阿木古郎·雅布达勒图只好第十九次返回檀香树下去背魔尸。

背上魔尸返回来的路上，口袋里的神仙又给他讲了下面的故事。

第二十章　织布匠人

从前，印度北方有个老头儿名叫辛格希瓦，他有一个儿子，父子俩靠劳动过日子，父亲砍柴，儿子织布，织的是一种穷苦人做上衣用的粗布。两人日子过得很苦。

有一天，父亲在森林里发现一块不长树木的空地，既宽敞，又幽静。他很喜欢这块地方，回家就对儿子说："今天我在森林里看到一块空地，将来我死后，你就把我埋葬在那里。你要是能按我的遗言办，你就一定会变得像汗那样富有，那样显贵。"

不久，老头儿果然死了，儿子就按父亲的吩咐办了。安葬完父亲，儿子又织起布来。

过了两年，织布匠人想起了父亲的遗言，便自言自语道："父亲曾经说过，我会变得像汗那样富有，那样显贵。可是两年过去了，我还是一贫如洗，这到底是怎么回事啊？看来，幸福是不会自己找上门来的，还不如我自己去寻找呢！"

他脑子里突然产生了一个荒唐的念头：我要去向印度国王的女儿求婚。于是，他便启程了。

有一天，他要翻过一座大山，在山顶上，他看到有一座祭台。按照东方人的习俗，过路人须在祭台上留下祭品，因此，现在祭台旁边的树上挂着哈达和贵重丝绸，祭台上摆着各种供品。织布匠人走过去，吃了供品，又脱掉外衣，把树上的哈达、丝绸摘下来，缠到自己身上，再穿上外衣，就这样进京去了。

他进了京城，找到汗宫，就走上前去敲门。敲了一会儿，不见有人开门，又去敲另一个门。汗听到有人敲门，就问仆人："这是谁在敲门？"

仆人回答说，是一个穷小子，他说有话要向汗禀报。

"放他进来！"汗下令道，"也许他有什么要事。"

于是仆人把织布匠人放了进来。汗坐在宝座上，大臣们站在旁边。织布匠人走上前来，直言不讳地向汗提出了求婚的事。汗听说这穷小子竟敢向公主求婚，心想他一定是个疯子。大臣们认为，这家伙如此无理，应当把他处死才对。幸好，汗当时心情不坏，就阻拦道：

"我又没有把女儿真嫁给他，何必要处死他呢。"

正在这时，王后来了。汗对她说："你瞧，就这么个人还想向我们的女儿求婚呢。"

王后轻蔑地瞧了织布匠人一眼，就说，应当把他杀掉才是。

恰巧公主也来了。汗就对她开玩笑地说："这是你的女婿，你准备出嫁吧。"

公主一听，便大哭起来："要我嫁给这么个叫花子，我还不如死了好呢。"

"你怎么能不听父母之命呢！"汗继续开玩笑说，"你既然不喜欢我们替你选的女婿，那你想嫁给什么人呢？"

公主回答说："我不嫁给浑身褴褛的人，要嫁就嫁给披绸挂缎的人。"

不料织布匠人竟说道："我就是披绸挂缎的人。"

说完，就将外面罩的旧衣服脱去，露出了里面的绸缎。王后以为这不过是个愚蠢的玩笑，便与女儿走了。

国王继续对织布匠人盘问道："你既然敢向我女儿求婚，莫非你真有什么本事不成？你富有吗？"

"不富有。"

"你显贵吗？"

"也不显贵。"

"那么，你是一个勇士了？"

"这倒可能。"织布匠人在不得已的情况下回答说。

"我可看不出来。"汗回答说。

不过，汗还是留下他，打发他到厨房里安顿下来，每天吃些残汤剩饭过日子。王后对此却很不满意，害怕他真有一天会把公主骗到手，于是决定把他悄悄除掉。

有一天，印度的"帕里亚"[1]举行起义。汗发兵平叛，出师前，他听了王后的话，让未来的驸马——那个织布匠人——率军前往，并让人牵来一匹怕受惊吓的烈马给他骑上，还背着驸马给全军下了一道密令：一冲上去，就立刻后撤。他和王后认为，这样一来，驸马收不住烈马，就会只身陷入敌阵，送掉性命。

事情果然就这样发生了。当织布匠人发现烈马冲入敌阵，陷入重围之后，一看大事不好，便急中生智，抓住迎面遇到的一棵树，想让急驰

---

[1] 帕里亚：下层人。

的烈马停下来。不料这棵树根部腐朽，一抓便倒，竟压死几个敌人。其余的敌人见来人如此勇猛，竟能把大树连根拔掉，便四散逃命去了。织布匠人也不追赶，翻身下马，将大树压死压伤的那些敌人的兵器收缴了，统军班师回朝。他向汗报告了胜利的消息，士兵们也都说他的报告是真的。汗认为，他确实是个勇士。

但是，光凭这件事就把公主嫁给他，汗还是不放心。于是，汗又说："我的汗国中有七个所向无敌的强盗，你要是能把他们消灭掉，我就把女儿许配给你。"

这位未来的驸马拿上汗给他的战刀，骑上骏马，带上干粮袋，便出发了。干粮袋里装着七块干粮，那是王后送给他的。他不知道，干粮里已经掺了毒药——这又是王后搞的鬼，她以为，这个穷小子即使不被强盗杀死，也会吃上掺了毒药的干粮被毒死。

织布匠人清晨动身，中午停下来休息吃饭。他从马背上取下干粮袋正要吃干粮，突然看到从远处来了七个骑马的人。他猜到这七个骑马的人就是那七个强盗，于是急忙爬上马背，飞快地逃跑了。那七个人果然是强盗，一见这人如此胆小，不禁哈哈大笑起来。他们看到他的干粮袋还丢在原处，也不去追赶，翻身下马，打开一看，见有七块干粮，便大吃大嚼起来。他们还没来得及吃完，个个倒在地上，中毒死去了。

且说织布匠人藏在树林里，从远处看到强盗们倒在地上好长时间一动不动，便策马走过来。他仔细一瞧，七个强盗都死了，这才意识到干粮是放过毒药的。他抽出战刀，把强盗们的头颅割下来，装进干粮袋，去见汗。

汗无话可说，正要履行诺言，让女儿嫁给织布匠人，王后又出来阻拦了。她对汗说:"且慢,还得对他进行第三次考验。"

转身又对织布匠人说:"京郊有一条白斑黑狐狸,你要是能打死它,就把我的女儿娶去好了。"

织布匠人拿了汗给他的一把弓箭手们比赛臂力用的强弓,便出发了。他边走边想这新的考验,心里十分烦恼,走来走去,遇到一块大石头,他一屁股坐上去,扔下强弓,自言自语道:"我到哪儿去打这只狐狸呢?那些比我强的猎人打来打去都打不到,何况我呢!我连弓怎么使还不会哩。我父亲说我会变得像汗那样富有,那样显贵,看来他是说错了。倒不如我返回去告诉国王,说我不想娶公主了,我要回家去。这岂不更好!"

说着,他起身便走。走出几百步他才想起强弓还留在大石旁,于是又折了回去。当他再走到大石旁一看,奇怪,他要打的那只白斑黑狐狸竟躺在强弓旁,死了。原来,那狐狸在他走后,路过这里,闻到弓弦上散发出来的油味儿,就抱住强弓啃起来。啃来啃去,啃断了弓弦。弓猛地一弹,重重地打在狐狸头上,竟把狐狸打死了。

"这可真是怪事!"他惊奇地说道。然后,捡起弓和死狐狸,就去见汗王。

在此之前,没有哪一个猎人能打住这只狐狸。现在汗一见狐狸竟被这个穷小子打死了,自然惊讶万分。后来他看到弓弦断了,便问道:"这弓弦怎么断了?"

"我射死狐狸以后,太高兴了,又射了一箭,不想用力太猛,把弓弦拉断了。"我们这位运气不错的猎人随口回答说。

汗信以为真,便说:"只有真正的勇士才能拉断这弓弦。看来,我把女儿嫁给你是对的。"

于是，汗就把女儿嫁给织布匠人了。

神仙讲到这里，二太子插话道："他父亲的遗言果然不错！"一言未了，口袋里的神仙又消失不见了。阿木古郎·雅布达勒图只好第二十次返回檀香树下，再去背魔尸。

他背上魔尸返回来的路上，口袋的神仙又给他讲了下面的故事。

第二十一章　傻女婿

　　古代印度西部有一对老夫妇，他们只有一个儿子，还是个傻瓜。老两口思来想去，最后决定给儿子娶个富人家的女子做媳妇。不然，他们死了以后，儿子没有丈人的帮助，就活不下去，会饥饿而死。后来，老两口果然实现了他们的想法，给儿子娶了一个富家女。不久，老夫妇相继离世了。

　　父母去世后，傻儿子什么活儿也干不了，每天只知道吃了睡，睡了吃。父母留下的粮食吃光了，傻儿子就变卖家产。变卖家产换来的钱也花光了。于是，傻丈夫的妻子便对他说："现在，我们既没有口粮，也没有家产，再这样下去，我们非饿死不可。不如我们送点礼物给我父母，说不定我父母会给我们点什么，我们就可以靠我父母给的东西过日子了。不过，我们现在什么东西都没剩下，该拿什么给他们当礼物呢？这样吧。你去河边帮渔民打打下手，他们说不定会送你一条鱼。这样一来，我们便可以把这条鱼作为礼物送给我父母了。"

　　傻丈夫听了妻子的话，便去到河边帮渔民干活。干完活之后，渔夫真的给了傻瓜一条鱼。

　　傻丈夫回到家，把鱼交给妻子。妻子把鱼放进一个大盘子里，让傻丈夫端着，跟她去父母家。临行前，妻子说："我前面先去，你随后再来。"

妻子回到父母家里，父母自然十分高兴，一面开门迎接，一面高声说道："我们的女儿回来了！女婿呢？"

"他在后面走着呢。"

"我们也欢迎他来。"

可是，等了半天，还是不见女婿的影子，于是，老丈人和丈母娘便出门去迎接。

此刻，他们的傻女婿还在来的路上忙活呢。原来，过河时傻女婿不小心把盛鱼的大盘子掉进了河里，盘子里的鱼也落入水中，跑得没了踪影。傻女婿脱下衣服，跳进河里，在河水中摸起鱼来。

老丈人和丈母娘来到河边，看到这个场面，便对女婿说："不必再摸鱼了，回家吧。"

傻女婿不同意，说这鱼是送给他们二老的礼物，必须找着。说完，他又在河水里摸起来。就这么摸来摸去，把河水搅得一片混沌，直到什么东西也看不清了。老丈人和丈母娘再次让女婿去家里，傻女婿还是不答应，执意要找到自己的礼物。二位老人没有办法，只好陪他一起摸起鱼来。但是除了河底的石头，他们什么东西也没有摸着。丈母娘问女婿："那条鱼到底有多大？"傻女婿也说不清楚，就捋起裤腿伸出腿比画起来。谁知一不小心，竟把大腿根的东西露了出来。老丈人和丈母娘一见，顿时满脸羞容，无奈地说道："唉，真是个傻瓜啊！"

二位老人把傻女婿接到家里，便问女儿，鱼到底是怎么回事。女儿把丈夫家里的情形一五一十地告诉了自己的父母。老两口为了女儿的生计，只好送给女儿女婿一些财物和粮食，还把他们亲自送回了家。不过，临走时老两口说："以后可再不要到我们家了。"

从此，小两口对老两口的帮助失去了指望，不得已，他们跑到邻居家帮邻居织布。他们也拿上自己分到的布到市场上卖，用卖布赚到的钱买粮食和生活用品。后来妻子还买了一些珍珠，傻丈夫买了一匹马。

有一天，傻丈夫对妻子说："你的父母虽然给过我们粮食和财物，但是却不许我们再和他们来往，真是不像话。现在，该是我们戏弄戏弄他们的时候了。"

他揣上珍珠，骑上马，向岳父岳母家走去。来到岳父家，岳父岳母出来迎接，把马牵进院子，把他扶下马。傻女婿拿出一只口袋罩在马头上，好让马老老实实待在院子里。岳父好奇地问道："难道你不给马喂草料了吗？"

"我的马不吃草料。"傻女婿回答道。

吃完饭以后，傻女婿走出屋子，来到马跟前，掏出揣在怀里的珍珠，小心翼翼地藏在马屁下的粪便中，然后回到屋里。傻女婿对着老丈人和丈母娘吹嘘起他的马来："我的马不是普通马，它有特异功能，能屙珍珠。很多人想买，我都不卖。"老两口一听，觉得不可思议，便来到院里，走到马跟前，刨开马粪一看，果然里面有不少珍珠。老两口回到屋里，央求女婿把这匹能屙珍珠的马卖给他们。起初女婿假装不答应，后来老两口加了许多钱物，女婿才答应了。老两口买下马以后，便问女婿："这马喂什么东西，怎么个喂法，才能屙下珍珠来。"女婿告诉他们："七天之内不许饮水，只能喂绿豆，第八天就会屙出许多珍珠来。"说完，傻女婿告别了岳父岳母，回自己家去了。

女婿走后，老两口按照女婿的吩咐喂马，不给喝水，光喂绿豆，结果马又渴又撑，不几天就死了。马死了，老两口才明白，他们上了傻女婿的当，于是一气之下，来到女儿家，把女婿捆绑起来带回家去。

走到半路，路过一个酒店，老两口进去喝酒，把女婿绑在酒店旁的一棵大树上。这时，走过一群猪，一共十头，放猪的是个驼背人。驼背人走到绑在树上的傻瓜面前，问他在干什么。傻女婿撒谎说："把驼背人绑在树上，可以治疗驼背病。我这是治病呢。"一听这话，放猪人立刻央求道："那就顺便也治治我的驼背吧。"傻女婿说："好吧。你先把我解下来。"放猪的驼背人把傻女婿从大树上解下来，让傻女婿把自己绑到大树上。傻女婿对他说："你别吭声，在这儿悄悄治病。等我回来，你的病就好了。现在，我先替你放猪去吧。"说罢，傻女婿便赶着十头猪回家去了。

老两口喝完酒，醉醺醺地来到大树旁，解下绑在树上的人，看也没看这人是谁，便拖到离大树不远的一口井边，把他推到井里，然后就回自己家去了。

回去当天，传来消息说，他们的女婿赶了十头猪回到了家里。老两口大吃一惊，心想这恐怕是谣言吧。转念又想，假若这事是真的，可真不得了，他们的傻女婿简直不是凡人了。

为了探听虚实，第二天老两口来到傻女婿家。一见面，他们便问："你是怎么回到家的？"傻女婿回答说："昨天你们一气之下把我推进井里。当时，龙王正在井里举办宴会，招待宾客呢。他见我衣着破烂，孤苦伶仃，便赏赐了一些我需要的物品，派人把我送回来了。临走的时候，龙王吩咐我说，七天以后，你再来一趟。来的时候背一条口袋，口袋里装一块石头。我们见面后，我会用宝石换你的石头。你的石头有多大，我就给你多大的宝石。"

听了傻女婿的这番话，老丈人和丈母娘信以为真，便默默地离开女婿家。回到自己家以后，他们准备好了口袋，找好了一块大石头。到第七天头晌，老两口背上口袋，装上石头，来到井边，往水井里纵身跃下。结果，扑通扑通，两声水响，老两口双双溺死。他们留下的家产也都归了女儿和她的傻女婿。

背着魔尸的二太子听完这个故事，不禁高叫道："这可真是一个真傻瓜骗了两个聪明人啊！"话音刚落，神仙又从口袋里消失了。他只好第二十一次返回去背魔尸。

归途中，神仙又给他讲了下面的故事。

第二十二章　提水桶的和背口袋的

古代印度北部有一位汗，他有一个小儿子。小儿子还在没学会说话的时候就得了一种不治之症，而且病情越来越重。据说，有一个背着人皮口袋的魔鬼曾经来过他们的汗国，这种病就是那个魔鬼散布的。至于具体情况如何，谁也说不清楚。

有一天，有一个人提着一只水桶向朋友去借粮。当时正是夜晚，不小心半路碰到了魔鬼。这个人把手里提着的水桶顶在头上，就和魔鬼打了起来。魔鬼一边退让，一边问道："你是什么人？你要打死我吗？我们交个朋友吧，你想要什么东西我就给你什么东西。请你告诉我，你叫什么名字？"

"你就叫我提水桶的好了。"这个人回答完，收了手，反问道，"那么，你叫什么名字呢？"

"你就叫我背口袋的好了，不过我的口袋可是人皮做的。"魔鬼回答完，又说，"你把水桶放在地上，到我这儿来吧。"

这个人把水桶放在地上，走到魔鬼跟前。魔鬼从人皮口袋里掏出一匹绸子来，给了这个人："将来你想要什么东西我都可以给你。只是你手里不要提水桶，我怕水桶。"

提水桶的人对魔鬼说："我们已经成了朋友了，我想知道你住在什么地方。"

"我居无定所。"魔鬼回答道，"在空中四海为家。"

"你都怕些什么呢？"

"除了怕你的水桶，我还怕秋天地里成熟的五谷，怕凸出的眼睛。除了这些东西，我什么都不怕。我不敢靠近长着成熟庄稼的田地。除了这种地方，我哪儿都敢去。你呢，你怕什么东西？"

"我怕你背的那条口袋。如果我扔掉水桶，你扔掉口袋，我们俩便可以毫无隔阂地交往了。"

"不！"魔鬼说，"我不能扔掉我的口袋。我要用我的人皮口袋去散布病毒，要用它摄取人们的灵魂。倘若我扔掉口袋，我还能依靠什么生活呢？"

说完，魔鬼就和这个人道了别，准备返回自己住的地方。临走时，提水桶的人送了魔鬼一件衣服。他在这件衣服扎住袖口的袖筒里装了一些米粒儿，还在袖口上刺了一个孔。

魔鬼走了以后，他点起灯笼，循着米粒儿散落的路走去，一直走进一座大山，来到一个山洞口旁边。只见魔鬼和他的儿子小魔鬼正坐在洞口。那小魔鬼哭泣着，对魔鬼说："爸爸，我饿。"

魔鬼安慰小魔鬼道："孩子，你别哭。明天我就会给你带许许多多的牛羊来。那是汗为了保佑他的儿子敬献的供品。他儿子的病就是我传播的。我给你把那些牛羊带回来，你就有肉可吃了。"

"汗的儿子得的是什么病呀？"小魔鬼问。

"是我传播的一种重症，很快就要死了。"

"爸爸，你是怎么传播这种病的？"

"我捉了一只蜘蛛，把蜘蛛悄悄塞进汗的儿子的耳朵孔里。蜘蛛在汗的儿子的耳朵孔里织了一张网，还产下一些小蜘蛛呢。"

"那怎么才能治好这种病呢？"

"先用针刺破红牛的外皮，让它的血流出来，再用盘子把血接住。红牛的血一落到盘子里，马上就会膨胀起来，乘此机会，赶快把盘子端到汗的儿子的耳朵旁边，命令手下人拼命敲锣打鼓吹喇叭。听到外面的喧闹声，藏在耳朵孔里的蜘蛛以为夏天来了，就会带着小蜘蛛从耳朵孔里爬出来。小蜘蛛看见盘子里红色血液，以为是盛开的大红花呢，便争先恐后地纷纷爬出耳朵孔。这样，汗的儿子的病就好了。"

这个尾随魔鬼的人偷听到老小魔鬼的这番对话，就悄悄离开洞口，原路返回，来到汗宫，向汗禀报："尊敬的汗，我可以治好小王子的病。"

汗一听，十分高兴，便问："你打算用什么办法治好我儿子的病？"

这个人把从魔鬼那儿偷听到的治病方法告诉了汗，汗命令手下人如法行事，王子的病果然从此痊愈了。这个人也因此受到了汗的重赏。

又有一天，提水桶的人与背人皮口袋的魔鬼又见面了。这次，魔鬼从人皮口袋里掏出几棵白菜，把口袋交给提水桶的人，说："我的好朋友，请你替我保管好我的口袋。现在，我要带上白菜去给一个人传播疾病去，过一会儿就回来。"

魔鬼走了以后，提水桶的人带着口袋藏进一块快要成熟的庄稼地里。过了一会儿魔鬼回来了。他一边绕着庄稼地走，一边呼唤朋友。提水桶的人始终没回应。魔鬼把白菜放置在庄稼地四周，又等了好长时间，实在等不到他的朋友，便无可奈何地离去。藏在庄稼地里的人把人皮口袋放进水桶里，提回自己家去。

从此，这个人头上顶着人皮口袋，开始给人看起病来。他给很多人看好了病，得到了病人家属馈赠的许多财物。后来到临死的时候，这个人心想："我没有儿子，没人能替我保存这只口袋，这样，这只口袋就很可能会落到魔鬼手中。"他于是便把口袋剪碎，抛进了河里。

魔鬼听说之后，跳进河里，捞起口袋碎条，用人筋把它仔细缝好，又用它去散布病毒了。

假如当初这个提水桶的人把那条人皮口袋一把火烧掉，人们就会健康长寿，永远不再受到疾病的困扰。然而，他只是把口袋剪碎扔进河里，结果给魔鬼散布疾病留下了机会，给人们害病留下了隐患。

背着魔尸赶路的二太子听完这个故事，不禁高声叫道："是啊，倘若把那只人皮口袋付之一炬，人们不就再无疾病了吗？"神仙对他说道："哦，可怜的王子，你又开口说话了，我要离开你了。"说完，神仙又从口袋里消失了。二太子只好第二十二次返回去背魔尸。

归途中，神仙又给他讲了下面的故事。

第二十三章　玛拉雅山中的奇事

古代印度西部有个玛拉雅山。玛拉雅山有个富人，名叫奥伦乃奇，意思是"财产很多的人"。这个富人有一千头牛。有一天，他最喜欢的一头六角牛丢了。他非常难过，心想："非常喜欢的六角牛都丢了，留下这些牛还有什么用？"于是他便骑了一头水牛，去寻找那头丢失了的六角牛。

奥伦乃奇来到玛拉雅山中，这时，天气骤然大变，起了风暴。他急忙来到一座寺庙旁的水泉边，躺在草地上躲避风暴。这个地方地势低凹，暖和而平静。他躺着躺着，竟然睡着了。他一觉睡到半夜，爬起来，进到庙里敬香祈祷："看来，我的六角牛是找不到了，那就求神开恩，让我再睡个幸福的好觉，做个美妙的好梦吧。"祈祷完毕，他又跑到原来睡觉的地方继续睡觉。他虽然没有做到好梦，却有一件好事在他睡觉的时候发生了。

他睡觉的地方旁边那个水泉，是归龙王管的。龙王手下有个小鬼，名叫占巴。龙王对小鬼占巴说："这个人烧的香味道很好。我们得送他一件有法力的物件才好。"后来，龙王和小鬼占巴来到睡熟的奥伦乃奇身旁，丢给他一条带法力的丝绳。

天亮了。奥伦乃奇睡醒以后，发现了身旁的丝绳。他拿起丝绳一看，便知道自己的六角牛没有丢失，正在山下吃草呢。他骑着水牛，来到山下，找到六角牛，把它赶回了家。

从此，奥伦乃奇仗着丝绳的法力，给人们占卜。他的占卜结果次次都准确。人们大为惊异，他也名声大噪。有人问他是怎么变成聪明的占卜人的，他毫不隐瞒地说了事情的来龙去脉。

当地还有一个富人，他生了三个儿子，听说水泉旁的寺庙能给人奇妙的法力，他就备好各种蔬菜，带着蔬菜来到水泉旁的庙里，献上蔬菜，烧上好香，祈祷起来："玛拉雅山的神啊，请你赐给我法力吧。"祈祷完毕，他就躺在水泉边睡觉了。龙王知道富人给他敬香，便派占巴带着一件有法力的物件来到富人睡觉的地方。小鬼趁富人熟睡之际，用这件有法力的物件把富人由男人变成了女人。

富人第二天一觉醒来，发现自己竟然变成了女儿身，羞愧难当，觉得在家乡待不下去了，就悄悄到了临近的一个国家。在那里，她嫁给一个乞丐，生了三个女儿。他心里甚是悲苦，不禁感叹道："年轻时我是个男子汉，我有三个儿子。谁知道烧了一次香，我就变成了一个女子，还生了三个女儿。"

当地有一个人头上长了个大瘤子，痛苦不堪。他也听说到水泉旁的寺庙烧香会治好病，于是他来到山上，进到庙里，烧了香。他还跳进水泉里洗了一个澡，烧完香洗完澡以后，他祈祷道："玛拉雅山的神啊，请把我的大瘤子去掉吧！"龙王听到他的祈祷，便问小鬼："喂，占巴，你要肉吗？如果你要，要多少我给你多少。去那个人的头上去割吧。"小鬼占巴就把那个人头上的大瘤子割了。

那个人睡醒之后，一摸头上，大瘤子竟然没有了。他高高兴兴回到家里，请亲朋好友吃饭庆祝。亲朋好友都惊讶地说："你从前头上长着个大瘤子，就像又长了一颗头一样。现在，大瘤子没了，好看多了。"

除了头上长大瘤子的人以外，还有一个人头上长了一个巨疮。这个人也去寺庙烧香，祈求玛拉雅山的神给他挖去巨疮。龙王一听这个祈求，便对小鬼占巴说："又来肉了，你去把它割掉吧。"占巴说："又是一堆烂肉，我不要。"小鬼不但没给这个人挖掉头上的巨疮，还把上一次从那个人头上割下的大瘤子也安到了这个人的头上。

第二天早上，这个人发现自己头上除了巨疮外，还多了一个大瘤子，简直变成了一个三头人。他只好沮丧地回家去了。

背着魔尸赶路的二太子几乎已经来到喇嘛的驻地了。听完这个故事，实在憋不住，高声说道："这第四个人的遭遇真是太可笑了！"神仙说道："哦，我可怜的王子，我只能离开你了。"说完，神仙又从口袋里消失了。二太子只好第二十三次返回去背魔尸。

归途中，神仙又给他讲了下面的故事。

第二十四章　神奇的石头

从前在印度有一些乞丐，用印度话讲叫"比日曼"。他们没有固定的职业，也不承认他人的所有权。他们的财产不是靠劳动得来的，因此，只要有人索要，他们都肯轻易奉送。而当他们看到旁人不肯这么做，不肯痛痛快快地施舍他们时，他们反倒有点不能理解了。

有这么一个比日曼，他的全部财产只是一头驴子，这头驴子对他来说又没有什么用处。有一天，他想："人们总是想发财，比如做个买卖什么的。我为什么就不能做买卖呢？不过，我该买卖什么呢？我有什么？——对，有一头驴子，我就卖驴子吧。"

于是，他把自己的驴子牵到市场上，高声叫卖起来："喂，卖毛驴，卖毛驴啦！"

有一个卖粗毛毯的女人走过来，对比日曼说："你把驴子卖给我吧，我给你三条粗毛毯。这个大价钱别人是不会给你的。"

这个比日曼想："我给她一头驴子，她就给我三条粗毛毯，这买卖做得值呀。"于是他用驴子换了三条小小的粗线毛毯。

他把毛毯搭在肩上，要去别的市场上再做一番买卖。半路上，他看到几个狠心的小孩儿逮住一只老鼠，正在残忍地折磨它：他们把老鼠放开，老鼠溜到一片树叶下，以为他们找不着了，于是鼓足劲儿逃跑，谁知根本逃不出他们的手心——老鼠身上的树叶随着它移动，出卖了它，于是孩子们又把它捉住，重新玩弄起来。心地善良的比日曼见到这种情形，于心不忍，便说："你们为什么要折磨这只老鼠呢？"

"这关你什么事？老鼠是我们的，我们捉住它，当然要任意玩玩了！"

"放了它吧，它太可怜了！"比日曼恳求道。

"放它可以，可你给我们点什么呢？"

比日曼只有三条粗毛毯。他就说，只要他们放了老鼠，他可以给他们一条粗毛毯。孩子们同意了。他们得到一条粗毛毯以后，把老鼠放掉了。比日曼自我安慰道："当初我只有一头毛驴儿。现在即使给了他们一条粗毛毯，还剩两条呢。"

他继续向前走去。半路上，他又看到几个孩子逮住一只猴子，用绳子牵着玩儿。起初猴子还用爪子自卫，后来没劲了，奄奄一息，任孩子们玩弄。比日曼看到这种情景，心里暗自想："如果我给孩子们一条粗毛毯，把这只猴子搭救出来，那么，它出于感激之情就会跟着我走，然后我就可以让它变把戏为我挣钱了。"于是他对孩子们说，他愿意用一条粗毛毯换下这只猴子。孩子们同意了，并立刻把绳子解开了。谁知那猴子十分高兴，翘着尾巴，竟三蹦两跳，忘情地跑掉了。

比日曼只好背着剩下的那条粗毛毯继续朝前走去。看来，他命里注定是不可能做买卖了，因为在另一个市场附近的林中空地上，他看见有几个年轻人在逗一只狗熊玩。他们逼着那狗熊跳舞，做各种动作，做不好就用火烫它。狗熊被烫得吱哇乱叫，可还得顺从这些狠心的年轻人的命令做动作。比日曼问明情况，对狗熊产生了怜悯之心。他说："我用粗毛毯把你们的这只狗熊换下吧。"

青年们想，要调教狗熊学会表演并不容易，何况还得喂它吃的，倒不如用狗熊换下粗毛毯更合算，于是他们同意了，把狗熊换给了比日曼。比日曼把狗熊带回家，喂了一段时间，实在没有东西可喂了，才把它放回森林。

"唉，买卖做不成了。现在我该怎么办呢？"比日曼自言自语道。"吃的东西也光了，去讨饭吧，人们又不肯多给，还不如去偷盗呢。"

他跑到王宫跟前，转来转去，想寻找机会，下手偷点东西。宫中仆人发现了他，便想："这个人行踪可疑，他可能要干什么勾当。"于是跑进宫里，把他的行动向汗禀报了。

汗听了禀报，说："既然只是可疑，那就不要以小偷论处吧。你们可以把他装进箱子里，扔进河里面。有人救，便好；没有救，也罢。"

仆人根据汗的旨意，把这个可怜的比日曼抓住，塞进一只木箱，用绳子捆好，投进了河中。

说也怪，这箱子的旮旯里不知怎么还钻着一只老鼠。那老鼠正是当初被比日曼从孩子们手中救下的那只。就在比日曼被塞进箱子的时候，老鼠认出这个人是它的救命恩人，于是偷偷跳到箱盖上，躲在绳结下。箱子被扔进河中以后，老鼠把绳子咬断，又在箱盖上咬开一个孔，探进头去问道："你还活着吗？"

"活着呢。"比日曼回答说，"你是谁呀？"

老鼠说明来历，又对比日曼说道：

"我想救你一命，可不知道该如何下手。咬个大洞让你爬出来吧，又不可能。"

就在这时，箱子在河中撞到什么东西上，停了下来。老鼠一看，原来被一棵冲到河床中的柳树根绊住了。于是老鼠告诉比日曼："好啦，你暂时等一等。我去找几只野兽来帮忙，光我一个也不好办。"

老鼠跳上岸，又找来许多老鼠；被比日曼救出来的那只猴子也来了。他们爬到箱子上，又是啃绳子，又是咬大树。比日曼当初从青年人手下救出来的狗熊也赶来了。狗熊一来，事情就好办了。它跳进河里，抓起木箱，就往岸上使劲扔去，箱板散开了，比日曼也得救了。他哼哼着从散开的木箱爬出来，四下一看，发现这地方既陌生，又荒凉，心里不禁又气馁起来："往后日子该怎么过呀？"

狗熊、猴子、老鼠为此一起商量起来。它们说："在这种情况下，我们怎么能抛开他不管呢？我们应当帮助他才对啊。"

这些动物决定为他寻找吃的。老鼠从洞里衔来各种可食的草根，猴子爬上树为他采来许多鲜美的果子和核桃，狗熊为他打来野味。结果，比日曼的日子反倒过得很自在，要什么有什么。

且说有一天，狗熊打猎归来，不但一无所获，而且一副惊恐的样子。比日曼问道："你怎么啦？为什么一无所获呢？"

狗熊回答说："啊，我在山那边看到火啦！一害怕，就什么都忘了。"

"你害怕什么呢？"比日曼问道。

"你想必还记着当初那些年轻小伙子玩弄我那回事。现在我一见火就害怕，连打到的野味也跑丢了。"

比日曼对狗熊说的这件事很感兴趣，他想："也许那里有人住着。"他决定亲自去看看情况，于是带着自己的同伴一起出发了。

最先翻过山的是猴子。它跑去一看，确实看到了亮光，但是弄不明白那亮光是在天上还是在地下，因为看上去像火光，实际上却没有火。猴子以为亮光是从地下透出来的，于是动手搬起石头来，想找到透出亮光的地道。它无意中抓住一块石头，亮光突然消失了；放开石头，亮光又出现了。猴子高兴极了，于是抱着这块石头玩起来了。

这时，其他同伴和比日曼也赶来了。狗熊一看到这块发光的奇异石头，便说："噢，原来火光是这块石头发出来的！从前那些狠心的青年们用火烫我的时候，那火是红的，烫得很，还冒火舌呢。这火怎么样？"

狗熊说着，伸出熊掌，小心翼翼地摸了摸石头。一摸，亮光消失了。于是它大声喊道："哎哟，我真傻，真的！我太傻了！要是早知道一摸就没有亮光的话，我当初何不一屁股坐到青年人拿着的那块石头上？坐上去，他们不就没法再烫我了！"

狗熊想起当初自己不动脑筋，没有这么办，以致吃了许多苦头，不禁万分懊悔。

后来天黑了，比日曼就和他的朋友们一起在这里露宿。动物们很快就睡着了，比日曼却玩着这块怪石头，辗转反侧，久久不能入睡。他想："我要是拿着这块石头去偷东西该多好啊。哪个地方看不清，我就用它照亮；哪个地方看得见，我就把它揣起来。我一定会偷到好多好多东西。"他又想，他要能偷到好多好多东西，就盖几座漂漂亮亮的宫殿，那宫殿就像这块奇异的石头一样闪闪发光，偷来的东西都可以放进去。宫殿里放满种种好吃好喝的东西，再娶上一个年轻美丽的老婆，金屋藏娇，就更妙不可言了。比日曼陶醉在这想入非非之中，终于进入甜蜜的梦乡。

第二天早晨一觉醒来，睁眼一看，比日曼大吃一惊。他不是躺在野外，而是睡在一间漂亮的屋子里，身下是富丽堂皇的软床。他的同伴们也躺在屋角。他的梦想全部实现了，他有漂漂亮亮的宫殿，有年轻美丽的老婆，有种种好吃好喝的。过了一会儿，狗熊、猴子和老鼠也醒来了。它们看到自己置身于这美妙的地方，一个个都十分惊奇。比日曼告诉它们，所有这些都是昨天晚上找到的那块奇异石头赐给的。比日曼和同伴们大吃大喝起来。他们都为这无忧无虑的日子庆幸。

过了几个礼拜，动物们感到烦闷起来。老鼠对比日曼说："现在你过上了无忧无虑的日子。我虽然也不愁吃不愁喝，可是这里连一个同类也找不到，太憋闷了。我不如回我的老鼠洞里去。再见吧！"

猴子也思念起自己的同类来。它很想回到森林中同自己的伙伴一起飞腾跳跃，于是也告别了比日曼，离去了。

留下狗熊孤零零的一个，它也不想再留在这里了。

"我也想回森林。森林中别有一番乐趣，夏天我可以逛来逛去；逛累了，冬天也来了，我就钻进洞里，美美地睡上它一冬；春天来了，我一觉醒来，还不想起身，打着哈欠，舔着爪子，又过它两个月。"狗熊一边说，一边得意地眯着眼睛，舔着爪子，装出一副藏在熊洞中的样子。说完，狗熊就离去了。从此只留下比日曼一个人，和他的老婆一起住在宫中，随着自己的意愿，过着幸福的日子。

有一天，七个骑马外出游玩的人来到这里。其中有一个人是一位汗。他看到这里有宫殿楼阁，十分惊奇："三年前我来过这里，当时还什么也没有，现在居然变得像座城市一般。这可真是怪事。我们去看看，谁是这里的汗，谁是这座城市的主宰者。"

他们走进比日曼的宫殿，受到比日曼的热情接待。比日曼又是请他们喝茶，又是请他们吃饭。宴席上，这些客人纷纷打听，这宫殿和城市是如何奇迹般地出现的。比日曼是个实心眼，他向客人们讲述了奇迹出现的经过，并且还把那块奇异石头拿出来让客人们见识了一番。来人中那位汗很想知道这奇异石头的神奇力量，就对比日曼说："啊，那就请你再幻想点什么吧，也好让我们瞧瞧幻想是怎样变成现实的，看看这石头到底是怎样一块石头。"

比日曼说："我可没什么可幻想的了，我什么都有，什么都够，吃也吃不完，喝也喝不完。只要永远这样就行了。"

"如果你真的什么也不需要，什么都有，那你就把这块奇异石头给了我们吧，好心的人啊！"客人们一起请求道，"我们在世界上游逛了这么多年，也没找到过这样的幸福。"

比日曼很可怜他们，就把奇异石头给了他们。七个客人马上跳上马背，扬鞭催马，急驰而去，生怕这个憨头憨脑的比日曼一旦后悔，再把奇异石头索要回去。

后一分钟，比日曼真的后悔了，随着奇异石头的失去，他身上的绫罗绸缎变成了一堆褴褛，宫殿不见了，城市不见了，美丽的妻子不见了，好吃好喝的也不见了——一切完全成了原先的样子。他想去追赶那几个骑马而去的客人，已经来不及了，只能眼巴巴地看着远处疾马驰过腾起的那股烟尘。比日曼伤心地哭泣起来。

正在这时，比日曼的好伙伴们来看望他了。他把自己的不幸遭遇告诉了它们，并且指出那七个骑马人离去的方向。狗熊、猴子和老鼠一起商量，该怎样帮助自己的救命恩人。它们决定顺着那七个人离去的方向去追赶。比日曼也想去，但是动物们说，他去只会碍事，只要它们去就行了。

狗熊、猴子和老鼠出发了。它们走啊走啊，来到了海岸边。他们朝海中望去，只见那里有个岛，岛上有座城市，城市中隐隐约约有富丽堂皇的宫殿。一望便知，这城市是奇异石头幻化出来的。面对茫茫海水，猴子和老鼠犯愁了。

"我们怎么才能登上那海岛呢？"它们俩嘀咕道。

"你们在为什么事犯愁呀？"老狗熊问道。它经过长途跋涉，满身热汗，此刻见到海水，正想美美地洗个澡呢。一听猴子、老鼠说它们正为没法渡海而忧愁，狗熊就说："唉，你们这些笨蛋！我是干什么的？来，老鼠，你钻到我的耳朵里；猴子，你爬到我背上，抓牢些。我们一起过海去！"

狗熊带着猴子、老鼠一块儿上了海岛后，便开始商量怎样才能打探到奇异石头的下落。他们决定派老鼠去跑一趟。

"你身体小，不容易被人发现，可以到处钻。你去打探打探，我们在这儿等着你。"

老鼠去了。一夜之间跑遍了所有的宫殿，天亮时，给狗熊、猴子带回来它打听到的消息："我跑了几间屋子，最后看到有一间屋子紧锁着门窗。我从门缝钻进去一看，正面供着一尊神像，神像前堆着一堆米粒，米堆上插着一支箭，箭上绑的正是我们要找的那块奇异石头。我想顺着箭杆爬上去把奇异石头弄下来，可是那用芦苇秆做成的箭杆很滑，我爬呀爬呀，爪子都累酸了，还是爬不上去。"

老狗熊听了说："啊，你真笨！你不会把米堆刨开吗？刨开米堆，箭就倒了，奇异石头不就可以弄下来了吗？"

老鼠羞愧起来，心想，这办法我怎么就没有想到呢？

第二天，它又去到那间屋子里，刨起那堆米来。刨来刨去，终于把箭杆刨倒了。它把奇异石头从箭杆上咬下来，用爪子滚着，朝门口滚去。可是，糟糕，它怎么也出不了门缝，两只爪子抱吧，抱不动；四只爪子倒能抱动，可又没法再爬行。它折腾了一夜，只好作罢，两手空空回到同伴那儿。猴子听老鼠讲了它的为难之处，想到了一个好办法。它先让老鼠偷偷弄来一条鞭子，然后吩咐老鼠道："我用鞭梢子把你捆住，你就拖着鞭子钻进门缝，用四只爪子抱住奇异石头，然后我在门外抓住鞭杆，把你连同奇异石头一块儿拖出来。"

就这样，它们终于把奇异石头弄到手，高高兴兴往回返。等走到海岛边，再回头一看，岛上哪里还有什么宫殿、城市呢，只有那七个人灰心丧气地骑在马上，正准备再去寻找幸福呢。

现在，它们又得设法渡过海去。

"奇异石头该往哪儿放呢？"它们商量起来。

狗熊说："放到我的耳朵里。"

老鼠说："那怎么行呢？你老是摇头晃脑，弄不好奇异石头会掉到海里去。最好是放到猴子的嘴里去吧。"

于是就这么办了。它们开始渡海了。狗熊一边游着，一边开口夸功道："要是没有我，你们怎么能渡过海来到岛上？到不了岛上，又怎么能偷到这奇异石头？这，你们得承认吧！"

可是谁也没有搭理它。老鼠经过几夜的辛劳，此刻正躺在它的耳朵里呼呼睡大觉；猴子嘴里含着那块奇异石头，想说也不行。狗熊见它们俩不吭声，还以为是瞧不起自己呢，于是又说道："哦，你们竟然不搭理我！瞧着吧，我非把你们淹死不可。"

说着，狗熊就摇起身子晃起脑袋来，想把猴子和老鼠甩进海里。猴子一见情况不妙，忍不住喊道："哎哟，你这个傻瓜！"

一开口，嘴里含的石头便掉进了海中。猴子埋怨狗熊道："都是你，硬逼着我们说话！这下可好，你下海底捞奇异石头吧，没脑子的家伙！"

狗熊愧悔至极，然而已经毫无补救的办法了。上岸之后，猴子无可奈何地叹道："唉，只好空手回去吧。再也没有什么法子把奇异石头从海底捞上来了。我们只能徒劳一场了。"

不料老鼠竟说："等一等！我有办法啦。"

它一边在岸上跑来跑去，一边使劲吱吱叫起来。龙王在水晶宫听到老鼠的叫声，被搅得很不安生，便派虾将外出打探是怎么一回事。虾将浮上水面，见到老鼠，问它为什么鸣叫。

老鼠回答说："哎呀，你们龙王和一切水族倒霉的日子不远了。听说陆地上的汗要把这海弄干，已经下令往海里扔石灰了。石灰一入海，海水就会沸腾，熬干，到时候，你们都得给煮熟。"

虾将马上将这件事禀报给龙王。龙王一听，大惊失色："既然老鼠知道得这么详细，那它也一定能告诉我们躲灾避难的办法了。你快去问问它吧。"

虾将又一次浮出水面，向老鼠求教龙王躲灾避难的办法。老鼠故意反问道："你们能按照我的办法办吗？"

"一切照办！"虾将回答。

"那你们就这么办吧，把海底下凡是能捡到的石块都捡上岸来，在岸上垒一道堰，这样，汗就没法把海水弄干，你们也就可以得救了。"

虾将将老鼠的话原原本本禀报给了龙王。龙王立刻号令鱼鳖虾蟹等一切水族，必须把海底的所有石块都捡上岸去。捡石块的活儿马上就干起来了。

且说老鼠这时正在岸上跑来跑去，仔细查看众水族捡到岸上的石块，想从中找到那块奇异石头，突然听到两条鱼在谈话，就留意起来。

"我在海底来来回回逛了多少遍，也没见过这样的石块。"一条鱼说，"外表上个儿不大，跟其他石块也没两样，实际上却这么重，我几乎有点抱不动了。"

"可不是嘛。"另一条鱼也说，"我这里虽说抱着一大堆，可是不重。你抱的那块，我刚才也见过，想抱却抱不动。"

两条鱼浮上水面，把各自抱的石块扔到岸上。老鼠终于找到了自己等待已久的那块奇异石头，于是说道："是啊，你们说得对，这可真是一块奇异的石头。我把它带走吧，也算是我拯救你们一番应当得到的一点儿酬劳。"

说完，老鼠就滚着奇异石头去找狗熊和猴子去了。狗熊、猴子见奇异石头失而复得，不禁高兴得跳了起来。

它们在返回去的路上，各自大吹大擂，都说要是没有自己，就不可能找到奇异石头。就这样，说说笑笑，一路平安无事，顺利地回到比日曼身旁，将奇异石头还给了他。它们要他严格保管，不能再随便送人，然后，又对他说："现在该是咱们永远分手的时候了。我们对你的报答也算尽心尽意了，以后我们得安排安排自己和家里的事了。"

说完，他们洒泪而别。从此，比日曼又有了宫殿和城市，有了妻子和儿女。

就这样过了许多年。后来，比日曼死了。不过他的灵魂不灭，又借一个手段高超的盗贼尸体而还魂。这时管理朝政的已经是比日曼的孙子了。在他的治理下，民风淳朴，天下无贼。可是，自从出来这个借尸还魂的盗贼之后，全体臣民很是不安，因为这家伙畅通无阻，为所欲为，只要他想偷什么，就总能偷到什么。以至于很多人以为他是个巫神。后来，这事传到汗——比日曼的孙子——耳朵里，他不相信这盗贼竟有通行无阻的本事，就嘲笑道："想偷什么就能偷到什么？恐怕不可能吧。让我来考验考验他。"

汗下令传来盗贼，对他说："我这里有一块奇异石头，如果你能偷走，我就把整个汗国让给你；如果偷不走，我就让人把你的脑袋砍掉。"

汗十分自信，总以为盗贼是不可能把他的传家宝偷去的。那块奇异石头现在正放在一个石宫里，石宫四周有一道高高的石墙。石墙外面有骑兵把守，石墙里面有步兵把守。骑兵、步兵都全副武装。石宫门里，生着一堆篝火，汗让他的两个妻子睡在篝火旁，牢牢把守宫门，防止盗贼进去。汗本人坐在石宫中的一把椅子上，那块奇异石头就拴在椅背上。由于汗十分放心，所以他坐着坐着就靠在椅背上睡着了。

夜色降临了。把守在石墙外面的骑兵看到盗贼竟大摇大摆地朝他们走来，丝毫不像要去行窃的样子，不禁哑然失笑。

"我已经大事不好啦！"盗贼向他们打招呼道，"我只剩下今天这一夜可供玩乐了，因此就出来逛逛。"

"怎么，你不想去偷那块奇异石头了？"

"唉，别提了，难道还真能偷到手吗？只能准备被砍头了。我想请你们跟我一块儿乐呵乐呵，过一会儿有人给送酒来，我们一起喝吧。我也没有家小，把手里的钱全买了酒啦。"

他确实把全城的酒都买了下来，不一会儿就有人把酒一桶一桶源源不断送来了。有酒白喝，何乐不为呢？于是骑兵们跳下马，大喝起来。酒喝光了，把守宫墙的骑兵也全醉倒了。他们在恍惚之间还这样想："石墙里还有步兵把守，层层有人，谅他盗贼也不敢去偷奇异石头。"他们还说："何况，还有我们也在参加保卫呢。"说完，他们便都爬到石墙上睡去 —— 他们以为，这样一来，盗贼要越墙而过，就得把他们踩醒。其实他们早已烂醉如泥，不用说踩他们的背，就是在他们背上跳舞，他们也不会醒来。

就在盗贼和骑兵们在墙外喝大酒的时候，墙内的步兵也想去凑个热闹。后来见盗贼喝个没完，心想："看来，这个盗贼要跟骑兵喝个通宵达旦了，这样也好，他就没有时间来偷盗了。"

步兵们认为，他们再这样精神抖擞守卫下去已经没有什么必要了，于是都跑进宫里横七竖八躺在地上睡着了。

盗贼趁这个机会踩着骑兵们的背，翻过了石墙。他见墙内无人把守，便径直向石宫走去。他推开石宫门，只见汗的两个妻子睡在即将熄灭的篝火两侧。为了防止万一，她们各自将手臂伸向对方。如果盗贼走进来，就会碰到她们的手臂，她们就会一跃而起，将盗贼的腿抱住。看到这种情况，盗贼便悄悄捡起一张桦树皮，卷成一个圆筒，像手套一样戴在汗的一个妻子的手臂上，又给汗的另一个妻子的手臂系上一块重石。然后，他走到酣睡的椅子跟前，摘下奇异石头，悄悄离开了。临出门，他还把躺在宫里的步兵们的辫子互相系在一起。最后他高呼："有人偷东西啦！"一边喊一边飞跑出去。他这一喊，大家都惊醒了。汗的一个妻子睁眼一看，宫内一团漆黑，立即往火烬中投木柴。一不小心，她手臂上套着的桦树皮着火了。汗的另一个妻子扑上去为她灭火，一挥手，系在她手臂上的重石砸在对方的太阳穴上，把她打死在地上了。

与此同时，宫内传出一片混战声。

"你为什么揪我的辫子？"一个卫士喊道。

"不是我揪你，是你在揪我呢！"另一个卫士喊道。

结果所有的卫士都十分认真地混战起来。他们的喊叫声和打斗声惊醒了趴在墙头上睡觉的骑兵。这些人还以为自己仍骑在马背上，于是磕着马镫，奋力向前冲去。可是十分奇怪，跑了半天，坐骑依然留在原地。末了，他们才醒悟，原来骑的不是马，而是墙头。

第二天早上，把宫中众人巧妙地捉弄了一番的盗贼，进宫来见满面羞惭的汗，要他履行诺言。

"你不是说过要我当汗吗？请你实践自己的诺言吧！"

汗这时正为自己受捉弄和当时没有仔细考虑就许下诺言而发怒呢。一见盗贼进宫，就大发雷霆。

"你竟敢如此大胆，我立刻让人把你处死。来人哪，赶快把这个家伙拉下去绞死！"汗对仆人下令道。

盗贼一听这话，猛然间从怀中掏出那块奇异石头和一把锤子，一边用锤子朝奇异石头砸去，一边说道："咱们谁也别想捞到这块宝贝！"

随着石头碎块向四面飞去，石头化成的宫殿楼阁、金银财宝也在一瞬间消失了。剩下的只有汗——比日曼的孙子，还有盗贼——比日曼灵魂附着的那具尸体。

这一次，二太子阿木古郎·雅布达勒图听了神仙讲的故事，一直没有说话。他默默地把魔尸背到喇嘛住的地方。在把口袋交给喇嘛时，他说了一声："给！"这个字刚一出口，口袋里的魔尸又消失不见了——因为即使在最后把口袋交给喇嘛时，也不能说话。

阿木古郎·雅布达勒图叹了一口气，又转身第二十四次返回檀香树下，去背魔尸。这一次他下决心一句话也不再说，非把魔尸背回来不可。

在返回来的路上，魔尸又讲了一个故事。

第二十五章　蜥蜴和它的丈夫

从前，印度东南部有一位汗，他管理的省份有五十个之多。

这位汗有两只十分好玩的小动物：一只是会跳舞的蜥蜴，一只是会说话的八哥儿。那只蜥蜴是一个仆人捉到的。有一次，仆人陪着汗外出打猎，走到一个水泉旁，在用金勺给汗舀水喝时，无意中捞上这只蜥蜴来。汗十分喜欢，就让仆人把蜥蜴带回宫中，跟八哥儿一起让仆人养起来，并教它们跳舞、说话。

汗的大臣们想拍汗的马屁，有一天给他带来一个年轻的外国人。这人见多识广，有一副好嗓子，很会唱歌。汗很爱听他唱歌，就把他留在宫中，还百般宠爱他，最后竟连原先的心爱之物——蜥蜴和八哥儿——也忘到九霄云外了。

外国歌手不学无术，却倚仗自己的一技之长和汗的赏赐傲视一切，这就引起了喂养和调教蜥蜴、八哥儿的仆人的不满。结果，仆人与歌手之间发生了争吵，最后两人打起赌来，看第二天汗召谁上殿。然而，第二天，汗只传歌手进宫为他唱歌，至于蜥蜴、八哥儿则连提也不提。于是，仆人输掉了自己的全部家产，他回到家里，愧恨交加，一气之下抓起蜥蜴和八哥儿扔到窗户外面。八哥儿被老鹰抓走了，蜥蜴被乌鸦衔走了。

歌手赢去仆人的全部家产之后，不想再留在宫中侍候汗，便离

开了。

汗听说歌手走了，这才想起了八哥儿和蜥蜴，便打发人让仆人带来。那人回来禀报说，八哥儿和蜥蜴被仆人扔掉了。汗一听大为震怒，命令将仆人立即处死。一些好心的大臣为仆人求情，说服汗将死刑改为流放，给他改过自新的机会。汗虽然允许了，可是在仆人临行前，让人给他穿上一双厚石头底靴子——意思是说，什么时候厚厚的石头靴底磨穿，什么时候他才可以返回故里。汗姑念旧情，还给了他一头牦牛，让他把各种东西驮上。跟仆人同行的还有两个犯了罪的人，他们也同样穿着石头底靴子。

路上，宫廷仆人和这两个犯人晓行夜宿，同甘共苦。后来他告诉这两个犯人说："你们想等靴底磨穿，恐怕很难等到。我有一个办法，能使你们早日还乡。有一个地方，有一眼奇妙的水泉，如果把腿伸进去，水就能把石头底泡坏，只要两脚再轻轻地互相搓一下，靴子底就碎了。这样，你们就可以提前回家，汗对你们也不会产生怀疑。我可不能这么办，我也不想再回去见那位把娱乐看得比忠实于他的仆人的性命还要重的汗。我为他忠心耿耿干了一辈子，到头来却落了个无家可归的下场。"

说完，仆人领着那两个犯人找到了那眼水泉，帮他们弄碎石头靴底，和他们分了手，继续向前走去。

且说那只蜥蜴从仆人窗户外面被乌鸦衔去带回鸟巢以后，自知不免一死，便对乌鸦说："你瞧我满身都是唾沫，脏极了。那边山下有一个水泉，你先把我放到泉水里洗干净，然后再吃，岂不更好吗？"

乌鸦听了蜥蜴的话，衔着蜥蜴飞到水泉边，将蜥蜴放进水中，想把它身上肮脏的唾沫洗掉，却不料正中了蜥蜴的计。原来这只蜥蜴当初正是在这个水泉中被汗的仆人用金勺捞住的。蜥蜴一进到水里，立刻游到石头缝间藏了起来。乌鸦见蜥蜴躲进去不露面，不知是怎么一回事，正要飞走，见泉边爬来一条小白蛇，就飞过去，把小白蛇啄进了嘴里。

再说汗的仆人与那两个犯人分手之后，恰好路过这个水泉。他看到有一只乌鸦衔着一条小白蛇刚刚起飞，就想戏逗戏逗它。他解下自己的红腰带，用嘴咬住，边追着乌鸦跑，边高声喊道："嘴里着火了！嘴里着火了！"乌鸦回头一看，真以为他嘴里着了火，就吓得扔下小白蛇，张口呱呱乱叫着飞去。仆人跑过去捡起小白蛇一看，还活着，就又放到地上，用帽子扣起来。

几天来，他的干粮已经吃光，此刻正感觉到肚里有点饿，便跑到泉边，想搬开水里的石头，捉点青蛙、乌龟来当饭充饥。刚刚搬开一块石头，突然间有一个骑白马穿白衣的人出现在他面前。

这白衣白马人原来就是龙王。他问仆人见没见他那被乌鸦叼去的儿子——小白蛇。仆人便返回几步路，用帽子把小蛇端来交给龙王，并把自己的遭遇讲给他听。当他讲到蜥蜴的失踪情形时，龙王告诉他："这只蜥蜴就是我的女儿。"

龙王还告诉仆人说，他的女儿已经逃出乌鸦的魔爪。为了感谢仆人对女儿的关照和对儿子的搭救，龙王赠给仆人一只红毛小犬，一根镶着贝壳的手杖和一只花颜色口袋。人们只要用手杖敲敲口袋，就可以从口袋里掏出好吃好喝、好穿好戴及其他种种好东西。

"至于这只红毛小犬，"龙王对他说，"它可以使你享尽天伦之乐，为你生育四个儿子，他们长大以后，将建立起四个强大的汗国。现在，你可以走了。"

说完，龙王便消失不见了。

仆人从口袋里掏出一些食物，先吃喝了一顿，然后背起口袋，拿起手杖，领着红毛小犬上路了。晚上，他来到一条河边露宿。苍茫夜色中，他突然发现红毛小犬脱掉狗皮，化作一个漂亮的姑娘。姑娘对他说："我就是当年你用金勺在泉水中捞到的那只蜥蜴。我在汗宫中生活的那段时间，承蒙你的关照，我十分感谢，因此愿意做你的妻子。"

第二天早上，仆人的妻子去河边洗脸。仆人不想让她白天再成小犬，便趁此机会把那张狗皮扔进火中烧掉了。妻子回来一见这种情形，惊叫起来："你怎么把我的皮烧掉了？没有这张皮，白天我变不成小犬，就注定要遭难。我将被来此地打猎的一个汗抢去。我和你不得不分离一段时间。不过只要秋分一到，你就可以把我救出来了。在分手的这段时间，你要多打一些喜鹊，用喜鹊羽毛缝一件花羽衣。秋分那天，抢走我的汗要带我出来到离这里不远的一座高山上打猎。你看到以后，就穿上这件花羽衣在山下跳舞。到时候我会设法让你来山上会面的。"

后来，果真发生了妻子预言的情况，她被一个汗抢去了。汗对她百般温顺，她对汗却冷若冰霜，从来不露笑脸。秋分到了，她让汗带她出去打猎，汗自然答应。当她提出要到那座高山顶上时，汗巴不得她有个笑脸，当然更是满口应承。他们来到山上，放眼一望，只见山下有一个人穿着花羽衣在跳舞。她看了，乐得又是拍手，又是笑，简直像发疯一样。汗有点不高兴了。他问道："你这是怎么了？在宫里你是怎么都不笑，来这里见到这么个疯子竟乐成这个样子。"

她回答说："如果你也能跳这样的舞，我会乐一辈子的。"

"可以。"汗说，"只要我们一回到宫里，我就派人来把这家伙的花羽衣夺到手，到那时我就可以让你开心了。"

"不行，到那个时候，这个人就不一定在这儿啦。你为什么不现在到山下跳舞，立刻就让我开心呢？"

汗把马拴到树上，脱下上衣，跑下山去，扒下那个像疯子一样跳舞人的花羽衣，穿在身上，为了讨好女人而狂跳起来。与此同时，这个女人悄悄坠下一根绳子，让自己真正的丈夫——那刚才跳舞的仆人——缘着绳子爬到山顶上。她把汗的上衣给丈夫穿上，两人一起骑上汗的马，向汗宫驰去。到了宫里，她对宫廷仆人们吩咐道："有一个自称是汗的疯子穿着花羽衣在后面追赶我们。你们赶快把狗都放开！"

当初，所有臣民见到汗时，都必须匍匐在地，任何人都不认识汗的真面目。因此，现在，当真正的汗和那个仆人换了衣服时，人们自然也就不明底细了。结果，那可怜的汗一跑进宫里，就被狗撕了个粉碎。

后来，新汗的妻子生了四个儿子，都成了有名的汗：大儿子诺门汗是印度的汗，二儿子成吉思汗是蒙古的汗，三儿子额色日汗是中国的汗，四儿子巴拉·伊日比斯汗是准噶尔的汗。[1]

这一次，二太子阿木古郎·雅布达勒图一句话也没说，把魔尸背到喇嘛所在的地方，顺利地交给了他。

---

[1] 因为是蒙古族民间故事，所以对各国首领的称呼都是"汗"。实际只有成吉思汗是真实的历史人物，其他均为故事虚构。

喇嘛待过的地方，直到现在还保存着。那山叫"朝克图·乌拉"[1]，那谷叫"希迪图·阿勒坦·阿贵"[2]。

魔尸讲的故事，至此也就结束了。

---

[1] 朝克图·乌拉：火焰山。
[2] 希迪图·阿勒坦·阿贵：魔金谷。

图书在版编目（CIP）数据

三十二个木头人 : 蒙古族民间故事 / 陈弘法，沈湛

华译 . —— 广州 : 广东人民出版社，2025. 5. —— ISBN

978-7-218-17999-5

Ⅰ . I277.3

中国国家版本馆 CIP 数据核字第 2024ZB0452 号

SANSHI'ER GE MUTOUREN: MENGGUZU MINJIAN GUSHI

三十二个木头人 : 蒙古族民间故事

陈弘法　沈湛华　译　　　　　　　　　　　　　　版权所有　翻印必究

出 版 人：肖风华

责任编辑：廖智聪　刘美慧

插画设计：愚公子

装帧设计：崔晓晋

责任技编：吴彦斌

出版发行：广东人民出版社

地　　址：广州市越秀区大沙头四马路 10 号（邮政编码：510199）

电　　话：（020）85716809（总编室）

传　　真：（020）83289585

网　　址：http://www.gdpph.com

印　　刷：广东鹏腾宇文化创新有限公司

开　　本：889mm×1260mm　1/32

印　　张：6.875　字　数：150 千

版　　次：2025 年 5 月第 1 版

印　　次：2025 年 5 月第 1 次印刷

定　　价：38.00 元

如发现印装质量问题，影响阅读，请与出版社（020-85716849）联系调换。

售书热线：020-87716172

有声点播
随时随地尽享文化熏陶
作者简介
深入了解作品背后故事
扫码加入
中华故事汇
邀你共赴一场地域文化之旅
云游华夏
身临其境找寻中国美景
文化探秘
跟随名著感受历史温度